やもめ貴族

ChotAro KaWaSaki

川崎長太郎

P+D BOOKS
小学館

目次

一夜の宿 ５
女に関する断片 ６
競輪太公望談義 ２１
ぼろ談義 ３０
一夜の宿 ３４
のど自慢 ３９
月の床 ４５
亡びの歌 ５０
日曜画家 ６５
木彫の亀 ８３
青春記 ８４
抹香町もの ８８

私小説の今昔 ————— 91
「赤と黒」のこと ————— 94
私小説作家の立場 ————— 98
木彫の亀 ————— 106
志賀直哉の顔 ————— 108
葛西善蔵訪問記 ————— 117
私小説家 ————— 133
1 ————— 134
2 ————— 152
3 ————— 169
4 ————— 185
あとがき ————— 202

一夜の宿

女に関する断片

　まさか神童という程でもなかつたが、私は小学校時分、却々《なかなか》出来のいい子供だつたようである。級の首席をしめた覚えもあつたし、今でいう算数などは、受持ち教師の舌をまかせた工合でもあつた。中学校へは、一年より行つていないから、私の秀才振りが、満足な発展をみずじまいに終つた訳だが、実家の商売を継いで、魚屋になつてから、ここでも相当ましな、末頼《すえたの》もしいと云つたふうな面目を発揮したようである。今日でも、私は身長五尺一寸、体重十四貫足らずの小兵で、背ののびざかりな当時でも、体格の点では甚だ恵まれていなかつたが、大の大人にまじり、大人に負けない、十五六貫目位ある魚を担いで、箱根の山坂を登るまでになつたものだつた。父も、小男で、肩幅ばかり広くて、その肩は天秤棒のタコで、岩石のように硬くなつており、箱根行の魚屋仲間で第一等の担ぎ手とされていたが、その父始め、私の頑張振りをみて、再三嘆声をもらし、かつ意を強くしていたようであつた。

　子供時分を顧みるに、知能方面にしろ、体力方面にしろ、私は周囲のひとにまさるとも決して劣りはしなかつたし、又当人自らそんなに自負してもいたのであるが、魚屋をしながら、小説本を読み出し、自分でも父の目を盗んで原稿を書き始めたりしたところで、いよいよ文学者たらんと志をかため、進んで棒を折るようなハメとなり、家からも故郷からも追われるような恰好で東京へ出て行つて、爾来《じらい》三十余年、文筆と縁が切れなくなつてから、私と云う者、十代と人間がすつかり変つてしまつたみたい、見栄えのしない甲斐性なし、生活力の乏しい鈍物と成り下つたかのようであつた。

何が故に、今もつて独身でいるのか。ひと口に云えば、あまりに貧乏だつたからに外ならない。小説家志望で、魚屋をよしにして、親共《おやども》に深い泣きをみせた祟りか、もともとわが身の無学、不才の致す所以か、立派な先輩、いい同輩をもちながら、小説を書くことだけで、どうにか暮しがたつようになつたのは、終戦後私が四十五歳からこつちである。それまでは、殆どただ奉公も同然であつた。自分一人の口にことかき、方々へ借金をしたり、下宿を踏み倒したり、病気で寝ていた母親の義歯から、金冠をぬいてそいつを質屋へ持ちこむようなまねもすれば、パン屋の店先からパンを掠めとつたためしもないではない。自慢にはならないが、兎に角長の貧乏によくも耐えてきたものだと、われながらつくづく感心することではあつた。

一人口が、ままならぬ人間に、女房などもてない道理である。それでいて、生れつき、気位だけはひと並な私は、女に養われることなど甚だ潔よしとしないふうで、そんな経験もひと月位しかなく、今日流行の夫婦共稼ぎというような寸法は、全然知らずじまいであつた。僅か半とし、女を貸し間に置き、私が稼いで細々と世帯をはつたことがある。数え年二十九の秋口から、翌年の二月始めまでであり、あとにも先にも、私が妻と呼べそうな女をもつたとすれば、はたちそこそこだつたその女しかないのであつた。二人の関係は、ふた昔前、小説に書き「路草」という一本に纒《まと》めて上梓していた。これを、今年になつてから書き直すようなことを始めたのである。前の場合は、私を主人公にした書き方だが、今度は女の方を主人公にし、趣きをがらりと換えたりしているが、何分にも二十何年前に書いたものが、そのまま使えるのは会話の部分位、地の文など殆んど旧態を止めないほどの改作ぶりで、私としては結構色揚げの利いた「老年版」になるものと心得ているのであるが——。

さて、その妻と呼びたい女とも、私が仕事に躓いたところで、僅の間に別れてしまつていた。ありていにいえば、書き置一本のこし女から逃げ出したのである。私の遁走先は小田原の実家で、こつちの足どりを知つてはいたが女も追いかけてこなかつた。その節、自らの不実を弁解かたがた、あの女とは、貧乏世帯がいやだいやだと思つていた矢先、ああいうことになつてしまつたから別れたのだ、——今後共貧乏世帯など忘れても持つまい、と一種の悲願を立てたのである。この悲願はまんまと図にあたり、その後妻と呼べる女を再び持ち合わすことなく、数え年五十六と云う馬齢を迎えている仕儀であつた。

とはいえ、独身できた理由は「貧乏」の外にも思い当るふしがないでもない。大体、ものに熱し易く、それ故飽きつぽい、浮気性なるものを余儀なくされているせいでもあるようである。

若い時から今日まで、この性癖はずつと持ち越してい、浮気でつまり一人の女にとことんまで執着するねばり強さがなかつたから、余計妻というものと縁が薄かつたのだと踏めるようである。それから、相手より自分を先にしがちな料簡の狭さ、臆病その他いろいろと私の計算の手が届いていない部分にも、女と不縁できた条件がひそんでいるようでもある。たしかに、貧乏ということだけでは、ことのあかしは十分立たないらしい。世には喰うや喰わずの乞食・ルンペンでも夫婦でいるものがある。また、一人の男と一人の女が、毎日鼻突き合わせて暮らして、十年二十年あるいは三十年の歳月、よくも飽きがこないものだ、と不思議がるような不埒な気持も私にあり、夫としてまた家長として、女房をもち家庭を支えしめくくつてゆくに不向きな分子が、多々私の骨がらみともなつているようであつた。

一方、女性に対する不信の問題である。早くいえば、女の貞操に信を置くか置かないかということである。夫以外の男に、一度も触れず生を終る女もいる例は、私と雖《いえど》も承知している。終戦後の若い男女は、その点くびをひねりたいが、狭い小田原あたりの見聞でも、貞操堅固な女性は相当数みうけられるし、女なんていい加減なものだ、と多寡《たか》をくくる場合、手前のさだめない浮気性、あるいは浮浪性というものが反射して、そんなに相手を見くびるのだと反省したりしている。貞操を信じ得ない女を、誰が心から妻と呼び得よう。別れた、はたちそこそこだつた女をひき合いに出すのだが、妻と呼びたいほど、気持の上でも時間的にも深い間柄だつた当の女は、自分でもそれを承認していたように、あまり尻の重くない類いの女であつた。私という人間を、亭主として持ち、これにかしずいていながら、いつたん私の目のとどかないところへ行くと、何をしでかすかけんのんでたまらないような女であつた。置き手紙一本きりで、女の許から逃げ出したのも、喰う喰えないの問題のみならず、相手のそのへんの事情がそうさせた工合でもあるらしかつた。

貞女あり、その反対の女もいるのが世の常である。別れた女が、その点あやふやだつたからといつて、余の女性を一律一体に見做し、そんなものと一緒になるなんか真ッ平と、独身を通したのでもなんでもない。また、形の上では、ぴつたりしていても、中へはいれば見かけと正反対なのが、夫婦生活の常というふうに否定してきた訳でもない。が、私として、一概にフェミニストの仲間入りも出来そうにない筈の人間であつた。これまで、随分と女から残酷な扱いをうけてきていた。惚れて、こつぴどく振られたことも再三だし、二人の仲が途中からこじれ、とど半ごろしの憂き目にあつた覚えもある。どつちかといえば、女によつて甘い思いをしためしより、煮え湯をのまされた場合の方がずつと多いようである。所詮は、わが身の器量不足の致すところ、今更愚痴なんかいつても始まらないのであるが、そんなにしばしばひどい目にあつていながらこのとしになつても、青少年顔負けみたいな、異性に対する夢から醒めきつていない私など、よくよくお目出度く出来上つた、救いなき痴れ者というべきであろうか。

おお根は、物質的な貧寒さから、独身生活を多年余儀なくされていた者として、僅かな金銭でそれがかなえられる、赤線地域の女達は、まことに恰好な助け船であつた。

三十七歳まで、東京にあつた折は、玉ノ井・亀戸へんの淫売窟を徘徊し、性の欲求をどうにか満たしていた。すきッ腹にまずいものなし、濁つていようと、少々は腐つていようと、渇いた者はなんでものまずにはいられないのであつた。

小田原へひきこもるようになると、町外れの方角へ出かけていた。戦争前「抹香町」あたりでは、一円出せば一寸の間女が抱けたものである。独身は我慢出来ても、その方の要求ばかりはどうしようもない、といつた塩梅式であつた。

終戦の年を境に、前後の二三年間、ぱつたり「抹香町」を忘れたようにしていたが、再びあの巷へ足を入れ出してから今日まで、もう七年余りたつており、今後共折々は足を運ばざるを得ない成り行きのようであつた。

「抹香町」では、いろいろな娼婦にぶつかつていた。白毛もはえ、かんじんのものも大分覚束なくなつている癖に、金ッぱなれのよろしくない私を、キネで鼻こするようにあしらつた女、わりと好意を寄せてくれた女、こつちもつい女房にとまで乗り気をみせたような女、実にさまざまであつたが、小説に書き過ぎるほど書いてしまつたこと柄故、ここでは端折ることにする。

今年になつて、例の「赤線地域」廃止問題が法律化されると一緒に、「抹香町」あたりへも、その達しがあつたものとみえ、業者も娼婦も一揃に動揺の色濃くしているようである。経営者側の消息は詳《つまびら》かにしないが、この頃行きつけている女なども、いろいろ今後の身の振り方に迷つているらしい。前だと、「抹香町」を喰いつめたりすれば、東京へでも、熱海へでも、どこへでも好きな赤線地帯にすッ飛べたが、来年の四月までにどこも廃業ときまれば、彼女達もそれまでに、なんとか足を洗わなければならない。近頃馴染の女は、三十を少し出た、一度結婚しているが、夫に病死されたところで「抹香町」へ落ちてきた青森県生れのものであつた。来年の正月まで、ここで働き、一万でも二万でも金を蓄えてから、旅館の女中なり、堅気の働きなりに転向したい由であつた。そんな金が、何に入り用なのだ、と糺《ただ》すと、まだ一年一寸しかたたないが、ここへいたんだから、体がナマになつてしまつたに相違ない、止めて他へ出てもすぐ病気しそうで、それが思いやられるから、その時の用意に是非必要な金なのだ、とこんなに述べていた。あれは、娼婦だつたのだ、というひとのうしろ指より、夜毎切り売りした体の故障が、先きざき苦の種のようであつた。つい三四日前、女の許へ上つてみると、話はひとと入急を告げていた。気の弱い、口の利き方始め、おどおどしている女は、一層浮かぬ顔つきして、今夜から一揃に「抹香町」では料金を上げることにきまつた、と訴えるようにいうのである。業者の方では、来年早々の店じまいに、それまで出来るだけ客からとつてやれ、という寸法となつたらしい。いままでの、一寸だけ上る遊び三百円が五百五十円に、一時間の遊び六百円が千円に、夜の十一時過ぎからの泊り千円が千五百円にという工合に、殆んど倍額となつていた。それでは、こつちは困つてしまう、と女はいうのであつた。それでなくてさえ、「抹香町」界隈は下火になつてきているところへ、いつぺんに料金が値上げとなつた日には、今まで三度きていたひとは一度というふうに、客脚が段々なくなつてしまうに違いない、と悲観しこぼし、ひまになつて、娼家へ借金でも出来るようでは尚更困るから、様子をみてよす肚《はら》だといい、自分が止めるまでは、今迄通り、月に二度でも三度でも来てくれと、私の袖へ縋りつくようであつた。

売春を搾取する、業者が根絶《ねだ》やしになるのは異議なしとしても、そんなカラクリに体を痛め、あるいは性根を歪めてしまつた女達の行く末は却々面倒に相違ない。業者はなくなつても、金で体を売る売春行為そのものは法の外とあるから、いろいろな形で彼女達の仕事は継続されて行くであろうし、この際足を洗つて、奇麗さつぱり出直す向きもまたかなり出ることであろう。

それはそれとし、まだ折々ははけ口を求めざるを得ないものを持ち合わせる私など「抹香町」がいよいよ存在しなくなつてしまつたら、どこへ行つてその方の要求をかなえたものだろうか。

——

ある女から「いやな匂いのする」とまでそしられた、私の住居であるむさくるしい小屋を訪れる女性達と、数年来しばしば交際するようにもなつていた。

人妻、未亡人、妾、文学志望の女等、その数十指を超えるようであつた。中には、ジカに小屋へは姿をみせず、こつちを停車場などへあらかじめひつぱり出す手を用いる、見識の高い女人もいたりした。外に、始めから、私の作品を読んだのが機縁となり、私と同棲ないし結婚する意思を持ち、一種の体当り戦法で現われた二三の女もあつた。

既に、小説に書いているので、この方も重複を避けたいのであるが、私を訪ねた三人の人妻の裡《うち》、一人は小田原の者で、その亭主にあたる人は私と同じどし、かつて小学校も一緒であり、今でも時々外で顔を合わせる仲だつたが、その人と立派に離婚した上で、私と改めて結婚しようという先方の意思であつた。私より二十いくつの年下なのはまずいとして、子供は一人もない身空ながら、ある種の事業にたずさわつている女らしく痩せ型の理窟ッぽくどこか中性的で、てんで色気というものがないみたいであつた。しかし、当人の決心は、一時の浮わついた、あと先見ずの振舞いでなく、私が首を振り通しにしていても、なかなか訪問を諦めず、亭主の方も相当苦しんだようであるが、こつちはとうとうその手にもふれず、そつぽう向き通しだつたので、近頃はハガキ一枚よこさなくなり、主人と並んで歩いているところへぶつかつても、先方は格別顔赤らめたりとり乱したりする様子がなくなつた。一応元の鞘へ納つたらしい彼女を、私は大体気持よく眺めることが出来るようになつていた。

小田原に住んでいた引揚げ者で、としは二十四、小柄だが色が白くて、顔立ちなど津島恵子と云う映画女優によく似ている、子は双子をもつていた人妻の場合は、私も随分だらしないまでにひきずられ、苦しんだようであつた。この方は、勤人だつた亭主や双子を捨ててまで、私の許へ走るつもりなど、始めからしまいまでなく、従前通りに家庭はそのままにして置ぎ、私とは別途な交際をもとうという方寸であつた。いわば、こつちを一種の妾のようなものにしたいつもりらしかつた。随分と虫のいい、いつそ生意気みたいな話であるが、としもそんなに違わなければ、女の異母弟でもある亭主始め、かなり素行の方は崩れてい、月給日になると月給袋を懐にしたまま、あいまいやみたいなカフエの二階へしけこみ、そこから勤め先へは毎日通つているが、袋がカラッポになる頃でなければうちへ帰つてこない、というふうな脱線振りであつた。しかし、亭主にしてみれば、双子まで生んだ妻君にしてから、結婚式をあげる前は勿論、あとでも度々外で男に逢つているような女だからと弁解したかつたに相違ない。喧嘩両成敗、どつちがどつちともいえない、およそ戦後派らしい夫婦ながら、妾みたいなものに仕立てられる方はいい面の皮に違いなかつた。が、そんな無軌道な罪の深い、色白女の欲情にこつちもしたたか迷い、先方も相当な熱の入れ方で、夫の目をごまかしたり、ある時は公然と、夜分小屋を訪ねてきていた。潔癖というより、小心者の私はツツモタセなのではあるまいか、などとあらぬ気をまわしたり、あと腐れの点も何かと心配で、ついに肉体的に行くところまで行かずじまいであつた。女の方は、いつもきわどいところで恥をかかされるハメだつたが、夫と一緒に横浜の方へ移転したところで、自然彼女とへだたりが出来、ここ半年ばかりは、すつかり消息も絶えていた。

東京の郊外に住宅があり、主人は相当の会社員であるが、二人の間に子がないところから一人の貰い子をして、表面何の不足もなさそうにしている四十がらみの人妻が、ここ三四年来、訪ねてきたり、暇なのに委せ、ひんぱんに手紙を寄越したりしていた。このひとも、家庭はそのままそつとして置いて、夫に隠れ私とひそやかな交際を持ちたいというのが、始めからの註文であつた。当人のみでなく、小屋へやつてきたり、手紙をくれたりする連中、一人のこらず、私の書いたものを読んで呉れての上の沙汰なのであつた。ムゲに面会をこばむいわれのない面々であつた。亭主に秘密でどんな交際をしたいのか、その種類もいろいろであろうが、東京からみえる人妻は、としもいつているだけ、古風なプラトニックなそれを求めるようであつた。一方的に、センチメンタルな色つぽい手紙を私あてに書き送れば、こつちからの返事あるなしは二の次、半分位満足といつた趣きの、私が一寸行き摺りに、その手を握つてみたところ、先方は近頃の処女とてもない位ぶるぶるふるえたりしていた。どこまでも、姿勢を崩さず、綿々と手紙だけ書いていれば大体間に合うというのでは、こつちはいつになつてもまともな挨拶は致しかねるようであつた。

もつと要領のいいのがいた。ひとの妾で、子はなかつたが、ある商人とは十年近く続いており、大して不自由のない位月々物質上の扶助もうけていながら、何かかんじんなものが抜けているみたいな関係に、短歌をつくつてみたり、小説類を読み漁つたりしている裡、私の書くものがふと眼にとまり、はたに邪魔者のいない小屋暮しをよいことに、東京から訪ねてきていた。度々あい、手紙の往復も続いたが三十を一寸出た女は、頭から私との同棲や何かを希望せず、いわば自分が好きな時訪問したら程々に調子をあわせて帰してほしいというようであつた。一種のファン心理で、奇麗な交際だけが註文だつたのである。ところが、先方の思惑を無視するように、こっちが出し抜けに女の妾宅を訪問して、二階へ泊りこんでしまったりするような工合になると、縁なし眼鏡をかけた女は、自分は性的快感を知らぬ不具者だ、などといい放って、私をてんでよせつけようとはしなかった。旁々《かたがた》近所の手前もあり、だんだん私の無躾な来訪を迷惑がり敬遠する素振りをあらわに始めたところで、彼我の間にミゾが出来て行った。妾のいい話し相手、商人が出張している留守中、猫代りに入用な男としての役割りから、忽ち私は落第してしまったようであった。

もう一人、パーマネント店をやっている女性もその口であった。もっとも、この方は戦災未亡人で二人の子があり、髪結いの店を出す前は、子を親戚に預け、自分は銀座へんのバーへ勤め、恋愛したり、小金をためたりしていた。三十五六の、渋皮のむけた、声のいい、小柄だがなかなかの美貌の持ち主でもあった。小説や写真をみて、その気になったが、自ら小屋へ姿を現わすことは彼女の見識が許さず、始めから私は先方の手紙で小田原駅へ出迎えに参上させられていた。それからちよいちよい、二人は東京であい、女の経営する立派な店も拝見したりしたが、大分交際が進んでも彼女は頑とした一線を劃《かく》し、どこまでも一定の距離を保った上で芝居見物その他を共にするといったふうであった。二人の子は、まだ小さかったし、別にパトロンといったふうな気兼ねする向きもなさそうなのに、と私は先方のみえすいた警戒心を気に病んだものだが、相手にすればいくら小説書きとしても、としがとし、風態もの腰始め、から田舎者然として爺むさい私など表通りに店をもつ髪結いの亭主にも間に合わぬ半端者と、内心軽蔑していたかも知れなかつた。互いに愚痴をいい合つたり、物見遊山したりする奇麗ずくめの交際をつづけるにしては、はしたない独身者にあぶらののりざかりな相手の美貌が妨げのようでもあつた。いつとはなし、二人は前々通りの他人になつてしまつていた。

三十にもなつていて処女で、ぽつくり東北の田舎から出て来、文学をもつて身を立てるべく、私を先生とかなんとかあがめ奉り、こつちがうつかり手でも出すと、この生臭爺、そんな約束ではありません、などと白い眼をみせてやり返した女も、東京から小田原を一二年往復している間に、素姓もよく解らぬ女房子持ちの中年男にさらわれた如く、それからあまり小屋へみえなくなつた。外にも、頭のてつぺんから足の爪先きまで、文学少女といつた得体の知れぬ若い東京女も、思い出したように現われていたが、この頃はさつぱり姿をみせない。

始めから、はつきり共同生活を希望してきた三人のうち、一人は私よりとし上の、六十に手の届こうという婆さんであつた。夫に死別・生別したが、腹を痛めた子は一人もなく、借家等の一寸した財産をかかえ、小じんまり老後を送つていて、いつそ有料養老院へはいるよりましと、私との同棲を思い立つたようであつた。十何通かの手紙をもらつた揚句、白毛頭の首実見《くびじつけん》かたがたと私が出かけてみたが、彼女は毛を染めていて想像したよりずつと若わかしく、某藩の家老の末とあるのが出鱈目でない証拠に、人品容姿こつちが圧迫される位であつた。文筆暮しなど常ないもの、とうがつたことをいつたりして、二人で暮らしても心配のない程のものがあるからなどと、手紙には一度も書いてよこさなかつた件まで持ち出し、実物とは始めての私の気をしきりにひくようであつた。が、いくらなんでも、自分より年上の、総義歯の婆さんでは、とこつちは尻ごみされたし、終戦後女手ひとつで、些少にしろ財産を蓄えたほどの働き者だけあつて、ものごし口の利き方、てきぱきしており、気性の激しさ、なまじの者の手に負える所以でないと見抜いたりして、私は老女の人品に脱帽したきりで、返事を濁ごし引きとつて来た。それきり二度と二人は逢つていなかつた。先方は名古屋の住人であつた。訪問後、夏の蒲団やら、手製のネクタイやら糸、針の類いまでいろいろと送つて呉れていたが、私は考え直してみる気にはなれないようであつた。

一人は、二十五歳、豊橋で女工をしていた。もう一人は、三十一歳、東京でのみ屋や待合の女中等したことのある女であつた。一年近くの間を置き、結婚希望で訪ねてきた。二人共としは若かつたし、どちらも処女ではなかつたが、五十過ぎの男からみると、世をあまり知らぬ気な、どことなく生毛でものこつているような面もあり、私は大してためらうことなく相手方の申し出を受け入れ、いつそ向うから提供した「抹香町」へんのそれとは趣きの異る女の肌へもじきに触れて行つたりしたが、ややこしい事情や折り合えぬ節も出てき、とど縁結ぶところなく過ぎてしまい、今日ではぱつたり二人との文通も絶えていた。——潮が干たみたい、小屋を訪れる女人の姿など、このところなくなつた。

まさか、先世からのさだめごとという訳でもあるまいが、さしずめこの分で行けば、墓にはいるまで、私は独身を余儀なくするらしい。「抹香町」の類いは、とつて置きのもので、当分入用としても、その方の精力にしろ、衰えればと云つて増す気遣いはなく、四十代まで貧乏を表看板に、結婚と云うことを願い下げにしてきた私は、今度は「老い」を口実にして、異性との共同生活を断念すべく構えているようであるが、女はいくつになつてもいいもの、のどから手が出るほどほしいのだが、それと朝夕を共にする資格を欠く老残の身を如何にせん、とかこちたい様子でもあつた。

凡そのところ、私はひとりで、手ぶらで、うまい工合に運べば、先祖代々の墓へ小さくなつて納まりそうである。(今日は丁度盆の十五日だつた)で、あとにも先にも、たつた半年より女と暮らした経験がない人間では、結局異性を知らないのと同然、これまで相当数の女を小説に仕立てきたという条、実は知つたか振りの芸当に過ぎなかつたのだ、と疑えそうでもある。そんなにつもれば、生れてこの方ずつと一緒の自分のことにしろ、真に知り、描き得たとも云えない。

競輪太公望談義

倉がたつ程でもないが、競輪場へ行き出してから五年、小さな家なら新築出来る位の金を蕩尽してしまつている。

そもその病みつき、動機のようなものは、甚だはつきりしていない。多分、小田原の競輪場へ、時間潰しにぶらッと見物がてら、行つている裡、俺もひとつという気になつたものとみえる。当時、毎月程小説書き出して、懐工合も私としてはよくなつていたし、もともとバクチを好く下地がなくもなかつた。東京にいた頃は、同じ下宿の学生と零細な金をかけて花札を弄んだこともあるし、本郷の秋声先生宅でも、よくそんな手慰みの座に加わつていたようである。

始めは、ほんの軽い気持でやり出したが、買つた車券が当るよりはずれる方がずつと多く、目にみえて欠損が嵩じて行つて、コン畜生、まけた分はとり返さずに置くものかと、凡夫の浅ましさ、力み出したのが深味へはまるもとであつた。その頃は、今と違つて、四ワク十六目しかなかつたが、一度に五枚十枚と買い散らし、やがては十六目そつくり買い占めるような血迷い振りに及んだりした。十六枚買つて置けば、はずれることは絶対にない。が、十六枚には千六百円を要するのに、払い戻しがたつた三百円足らずと云つた場合も再三あつた。それでも容易にコリようとはせず、今に大穴とつてみせると十六枚ばり続けている裡、いつか八千余円也をせしめたりしたが、勿論差引き勘定のあおう道理もなく、さすがに銭も続かなくなつて、十六枚ばりも十枚前後の散らし買いも諦めざるを得ないようであつた。ところへ、それまで十六目だつた競輪が、いつぺんに六ワク三十六目と間口を拡げたのである。そうなると、一万円二万円の大穴がよく飛び出し、時には十数万円ものも現れる有様となつていた。が、十六枚ばりで、身代限りしてしまつた私では、とても三十六枚なんか手が届かない。指を銜《くわ》えて、何万と云う高配当をまのあたりに眺めているしかない。そんな情けない目みる位なら、いつそきつぱり、競輪へなんか行かなければいいのだが、パチンコ、碁、花札等の室内遊戯もやらず、酒も健康上控えるようになり、旅行なども宿屋で安眠出来ないたちの私は、散歩する外には、別段これといつて道楽がないので、つい競輪から縁が切れなかつた。一寸逃げられた女のあとを、思い切りわるくよもやにひかされ、とぼとぼ追つかけて行く寸法と似ているようであつた。

出かける場合、千円以上懐にして行かないことにした。持つているだけとられたら、あとは途中から帰るなり、レースを見物しているだけである。つまり怪我が度をこえないように、あらかじめ予防して行くのである。この一二年は、千円捨てるも惜しくなり、せいぜい五百円か、なるべくなら一日行って三百円位の損で切り上げようと云うみみッちい算段と相成りつつある。この縮小策をとるようになつてから、たつた一枚買つた車券が、一万二千四百五十円という金額で戻つてきたためしもないではなかつたが、所詮競輪は儲らぬもの、と肝に銘じ観念しているようであつた。が、結局損するものと悟れば、あとは出来るだけ損害を少なくする工夫に出るのが人情であろう。千円以下五百円前後のガマ口を懐にして行つてからでも、毎月四五千円の赤字余儀なくされつつ、今日に到つているていたらくであつた。

愚痴の方は、ここらで大概にして、損を最小限度で喰いとめるためには、ただみているに越したことはない。つまり太公望をきめこむことと合点し、窮すれば通ずるというか、この手が近頃は大分板についてきた。買つた車券が、一寸のところではずれ、煮湯をのまされる思いをしたり、自転車がゴール近くになるや、心臓をドキドキさせたりする心配はいらなくなつた。その代り、捨てるつもりで買つた車券で、数千円が濡れ手で粟の快哉や、自分の狙い通り自転車が一着二着揃つてゴールインし、してやつたりと小膝をたたくような愉快さ加減にも見はなされた。しかしながら、損得を超越した、醒めた淡々たる心境で、レースの進行振りにみいる趣きは、太公望ならでは味わえぬ、醍醐味に相違なかつた。昨日も、平塚競輪の帰り、汽車で一緒になつた小学校時代の同窓で、箱根細工の小さな工場経営している禿頭に、その気持を話してみたら、俺は迚《とて》もみてなんざいられない、車券を買わず見物しているなんかおよそ児戯の沙汰だ、とこういうのである。彼も百万に近い金を既に競輪で蕩尽しており、コリてる点では私と負けず劣らずな筈ながら、今もつて損するのはみすみす承知の上みたい、毎レース五枚十枚と散らし買いし、あわよくば大穴をと、虎視たんたんたるようであつた。いくら過去にひどい目をみ、痛めつけられたからといつて、競輪場で太公望をきめこむなんか、よくよくの馬鹿か、甲斐性なしか、ひま人でもなければ出来ない芸当なのであろうか。

正直にいつて、競輪はみているだけでも相当面白い、などと吹聴するのも、ひとつは私のヤセ我慢かも知れない。損はてきめん、大怪我のもとと心得た、敗北主義の小唄かも知れない。が、その詮議だては兎に角、いわばそうするより仕方がないからにしろ、車券を買わずにみている分でも、結構面白いことは面白い。で、以下競輪に対する太公望の談議所感を述べてみよう。サイクル競走はバクチではありません、健全娯楽です、スポーツとしてもスリル百パーセントのものです、などと頻《しき》りに宣伝している、みえすいた競輪主催者側の意に添うような結果になるかと、かたはら痛いのであるが——。

スターの魅力という奴はどこでも通用するものらしい。競輪にもこれがあつた。競輪で賭けをする連中にも、そうでない向きにも、共通のようで、だから各競輪場では、開設何周年記念レース、オール・スターレース、キングレース、銀輪祭、金盃レースとかなんとかいろいろ口実つけて、全国の一流選手を狩り集め、ファンの歓心を煽るに血眼といつた塩梅式である。私もまんまとその手にひつかかる。昨年のダービーで一着とつたのが出るとか、ずらりと花形選手が並んでいるとか、要するに年三四百万円から二百万円位の稼ぎをする、Ａワンクラスの選のことである。のこと手が多勢出る競輪には、一寸百里の道を遠しとせずと云つた恰好になるのである。のこと小田原から、静岡、大宮、松戸あたりまでも繰り出してい、東京や神奈川県下の場合はいうも更なりであつた。北は北海道、南は九州から集まつた一流どころが、しのぎをけずる優勝レースなどでは、バンクをとり巻く何万というファン始め、息をのんだように静まり返り、ただみているだけの私なども、肩がこつてくるほど緊張する。レースそのものは、二流も三流も大して変りなく、元来が自転車競走なのであつて、スポーツとしては単純な、ただ抜きつ抜かれつというに尽きるのだが、一流の場合は最終回の上りタイムが少し違つてくるのである。花月園の四百バンク、半周の上りは二、三流どころで十三秒台、それがよりぬき連中となると十二秒台、十二秒すれすれというスピードに上昇する。四百メートルの半周を十二秒という速力は、時速にすれば五六十キロとなるらしく、一寸眼にも止まらぬ速さで先着を争うのだから壮観といえば壮観に相違ない。また、粒揃いの大レースでは、ふだん小田原や平塚といつた草競輪場で行われるそれより、スピード以外の点からもいろいろ見ごたえがするのである。年に数百万円も稼ぐ選手は、単に脚がいいだけでなく、頭の働きの方も相当らしく、レースの掛け引きに巧みでかつ度胸もよく、覇気満々たる風貌のようでもあつた。

草も見捨てたものではない。本命とされた選手が、最終回、一番どん尻から追い上げ、八人の競争相手をなぎ倒してゴールへはいつた時は頭になつている、と云つた胸のすくようなはなれ業もちょいちょいみられる。また強い者同士が、自転車を並べてセリ合い、セリあつたままで半周も走り続ける息づまるような場面、あとの者を寄せつけず先頭切つたまま逃げッぱなし、二番手を数十メートルも千切つて、ゴールインするといつた勝ちッ振り、あるいはゴール間近で気が転倒し、自分一人でひつくり返つてしまつたり、ゴールインしてから、目まいを起してひつくり返り、自転車を滅茶滅茶にするのみか、自分の体からも血を流す緊迫した光景等々、細かくみればみるほど興味尽きせぬものがある。

　如何なるレースでも、選手は懸命に走つている。文字通り命がけである。他の自転車にぶつかつたり、あるいはぶつけられてころげ落ち、下手にバンクへ頭でもたたきつければ、ヘルメットかぶつていても即死はまぬがれぬ。事実、競輪始まつて以来、落車事故で即死またはその後病院で死んだ人数は、男女併せて十人以上といわれている。骨を折つて不具者となつてしまう者も相当あるし、顔面すり剝いて、疵が全治しても生々しいあとを出している者、歯を上下共折つてしまつた者等、それこそ枚挙に遑《いとま》がない。何しろプロ選手のことである。レースでの着順は、彼等の生活、大袈裟につもればその運命を支配するところのものである。一着でも九着でも出さえすれば、A級で二千五百円、B級で千五百円手当が支給されるが、宿泊料ひかれるのでそれだけではどうにもならず、一着二着とゴールインして、たんまり賞金をせしめなければ、女房子かかえた暮しが立たない。全国に競輪選手六千余人いる中で、三分の一位は世帯持ちらしい。収入のいいのは、二十二三の若輩で、もう女房もつているといつたのがよくある。四十台で子供が四五人もありそうなのが、十八九歳の少年と自転車並べ競争しているのを時々みかけることもある。そんなとししていて、よく走れるか、とこつちが変な気になる場合もないではなかつた。

稼ぐため、生活のために走つているのである。中には二十歳前後で、一家の経済背負つて立つている健気なのもいるようである。おしなべて、彼等は出走表に記された年齢より老けた顔つきしている。若い者程そうのようで、何分レースとなれば命がけの試合なのだから、その都度過度な緊張感余儀なくされ、面相や何かがとしよりずつと老けてしまうのであろう。一流であれ、三流であれ、レース中の彼等の顔面は皆同様に緊迫して、紅潮したり、青くなつたり、眼はつり上り、眼光鋭く鉄板でも射抜くようになる。これが、最終回の追い込みにかかるや、更に彼等は必死の面相呈し、歯を喰いしばつたり、わめくように大口あいたり、はげしい息遣いみせたり、或は薄気味悪い不敵な笑い顔したりして、ゴールへゴールへと、突ッ込んで行く。乗つている自転車も、為にうなりを生じ、時には車がばらばらになりはせぬかと怪しまれる位であつた。

ただみている、太公望の眼には、追い込みにかかつた彼等の顔形が、何やら象徴的なものにうつるのが常である。そんな顔つきなんか、滅多に往来などではお目にかからなかつたし、映画のそれなど、役者がやつているのでどことなく空々しい。また顔形が変るだけではない。いい賞金とるには、脚力はもちろん、頭の働きが相当ものを云うので、レース中彼等は前へ出てみたり、うしろへ下つてみたり、本命と目される選手のマークを奪い合つたり、同県人同士組んで他をけん制しながら走つたり、いろいろと細工してみせる。悪どいのは、あとから出てきた車を、先へやるまいとし、故意に邪魔したり、それが目に余れば審判長により失格を宣告されるのだが、最後の追い込みにかかるまでにいい位置へ自分の自転車をもつて行こうと、あれこれ以上のような工作をする。スポーツとしては単純なものだけ、彼等のそんな動きがみるものへ鋭角的に飛びこんでくるのだろうか。

とまれ、レースは選手にとり、立派な生存競争であつた。みている方には、人間社会の縮図として受取れるようであつた。主催者側の口上にある如く、スリルを満喫させるばかりでなく、人間の社会的生態そのものを、じかにみせつけてくれる、まことに雄々しくもすさまじかりける見世物である。これを照覧するに、なまじ車券なんか買つたりしない方が、邪念・雑念なしでかえつて好都合かと思える。第一車券を買つていると、自分の眼が曇り、あるいは僻目《ひがめ》となつてしまつて、手前の買つた背番号の選手が、ゴールへ一着二着となりはいつたような錯覚を起し易かつた。車が、一メートルも離れてゴールインするのなら、いくらなんでも間違つた錯覚起す気遣いないのだが、得てして僅かの違いで各々がゴールへ殺到する。少しはなれたところでみていると、一度にごしやごしやッと雪崩こんだように受け取れる場合が多いので、つい自分の買つた車が、てつきり一着二着とうまい工合にゴールインしたものと、虫のいいカン違いを起してしまう。正確な着順が放送されたり、写真判定の結果が発表されたりしたところで我に還り、がつかりする始末である。

左様、車券を買つたとなれば、慾目から着順がよくみえぬばかりでなく、レース中自分の狙つた選手ばかり注意し、一種の監視まなこそらさないので、外の選手をみる余裕がなくなり、レースそのものの妙味が摑みにくくもなる。選手から頼まれもしなければ、また誰から強いられたと云うわけでもなく、好き勝手自分の一人ぎめ、Aが一着Bが二着と連勝式の車券買つて、その通りくるかどうか、レースが始まるから終りまでハラハラしながら心臓を極度に波打たせたりしているなんか、あまり健康上にもかんばしくないだろう。

車券買う前の苦心惨憺振り、急に懇意な口きき出す見知らぬファン同士の親近感等々、書けばきりないことながら、赤線地帯なるものがやがてなくなろうという今日、競輪場と称するこゝゝればこるほどファンを裸にしてしまう野天のバクチ場は、一体どうなるのであろうか。

ぼろ談義

奴隷には、最低生活の保証があるが、逃亡奴隷には、それがない。野たれ死ということにもなりかねない。

無学、無能にしていわば自分勝手な道を行き、わずかに文を売って、たつきの代にかえてきた私などには、間々飢えが身近にせまつた場合が、ないではなかつた。今日、身なりなど、どうでもいい、というふうに構えがちなのも逃亡奴隷半生の習性が、しからしめたゆえんのものであろうか。

数えどし、五十四歳に至るまで自慢にもならない話であるが、私はあつらえた服など、一度も着た覚えがなかつた。いい時でもつる下がりの既製品、大抵は中古のそれで間に合わせていた。ここ二、三年、一張らと称する、よそゆきの背広を持つようになつたが、これとて三千五百円なりで、古着屋の店先から、求めてきたしろものであつた。地はそんなに痛んでいず、小柄な体にぴつたり合い、その点申分なしだが、いくらか日やけした草色で、いかにもはでなのに、ちゆうちよせざるを得なかつたが、つる下がりものへ、寸法も色気も注文通りを望むなどは、ぜいたく至極とあきらめた。そいつを着て、人前に出るのが、さすがにはばかられ、ある若い女は、柄にもないと、つけつけケチつけもしたが、だんだん図々しくなり、このごろは、どこへでも、その一張らでまかり出るあんばいであつた。なんだつて、かまわないじやないかと自分であと押しする勝手もないではないが、三四十代のひとの着る背広で、とにかくすませている。

したが、この一張ら、もともと中古品ゆえ、裏地が見る影なくすり切れてしまつて、なんぼなんでも、という段になつた。そこで、せんだつて洋服屋へもつて行つたところ、スソ回しの方だけとり替えるのに、千円かかるという。三千五百円で手に入れたしろものに、あまりな修繕費と、その足で呉服屋へ回り、五十円出し、裏地を買い、小屋へもどつて老眼鏡かけ、多年の手練にものいわせ自ら針を運んで、どうにかこうにか、つけかえおわせた。すなわち、拙著の記念祝賀会にも私はそれを着て出かけた。

ワイシャツなども、自分で洗たくする癖があるので、人目にはどうであれ、よごれの目立つのをきらい、私はつとめて、紺とか黒とか色づきのものを、買うようにしている。ふだん着ているのなどは、エリのところだけ、染色がなくなり、腐つたように、白茶けたが、これはその部分に、洗たくするとき、つい力が集中するせいで、仕方なかつた。

ネクタイは、二本より持つていない。

オーバーにしろ、ジャンパーにしろ、またズボンにしろ、みなつる下がりものずくめ、寒さをしのげば足る、というにとどまる品々であつた。趣味性とか、装飾性とかにかかわらない類いであつた。

戦後は、またずつと兵隊グツで通している。和服というものには、戦争中から縁がなくなつていて、日ごろ服にズボンをはいているのだが、クツを用いる場合など、一年中に両手で数えるほど、あるかなしという工合で、クツのいる時は大抵東京ゆきに限るのだが、今のところそんなに必要品でもなし、短グツなど購う気はなかつた。はくものにしろ着るものにしろ、なにしろどうでもいいじやないかと済ましている。ぼろをみてくれにするキザは閉口だが、ゾロリとした和服姿や、パリッとした背広仕立など、初めから、身につきはしないと承知してもいるのであつた。

第一、住まうところが、畳の二畳しかない物置小屋である。火の気も、女ッ気もなく、風は吹抜け放題、吹降りには雨はもり放題。この冬、一度もカゼひかず過ごせた事からして、奇跡のようなものであつた。しよせん、人間のすまいというより、イヌネコのそれ、(小屋には野良ネコが一匹寝にきている)に近いところながら、長年の惰性で、足を抜くこともむずかしいらしい。出るとなれば、必ずうしろ髪ひかれるに違いない。私の逃亡奴隷根性も、一応骨がらみといえるかもしれない。

そんな人間にして、身につけるものが、どうのこうのとぬかすなど、チャンチャラおかしい。

噴飯《ふんぱん》ものにきまつているが、よそゆきとか、一張らとかいう、既製の観念にこだわつているのも事実、真の逃亡奴隷の、野たれ死しても悔いなしといつた、きびしい境地に程遠い、いまだしい、生臭い、迷いの多い、中途半端な人間の腹臓ないところを、ひろうしたまでである。

一夜の宿

　私の住居としている小屋から、ちよう ど真南、防波堤を中に挾んだ砂浜に、一軒の建物がある。屋根は焼けトタン、ごろた石でおしをし、ぐるりには筵《むしろ》なんかおつつけ、それでも畳が二畳敷かれており、出入口の戸にはちやんと鍵がかかつている。六十を出た、小柄なとし寄りが住んでい、彼は近在をものもらいして歩いたり、近所の漁師の家から頼まれて、力仕事など時々したりしていた。

　防波堤から、砂浜へ降りる橋の下にも、二、三人、大きな袋を背負い、街中のゴミ箱等あけて、獲物探して歩くバタ屋が住んでいた。まるいブリキの罐《かん》で煮物したり、バケツでめしをたいたりしていた。

　浜へ降りる橋のたもとに、市で設けたしやれたペンキ塗りの共同便所があり、小屋の老爺《おやじ》も二、三人のバタ屋も、かくいう私も、日ごろ、これを調法として、用を達すのみならず、朝そこの水道口で顔洗つたり何かしているのであつた。

屋根も、ぐるりも、トタン一式の私の小屋は、出入口の敷居が腐つてしまつたので、ただ雨戸をおつつけて、夜分はうしろから棒をあてがい、倒れるのを防ぐ仕掛けとなつている。で、昼間は、留守の折であれ、なんであれ、出入口はあけつぱなしという寸法であつた。

ある夕方、外から小屋へ戻つてみると、入口の前に、大小四五人の者が立ち塞がり、ひそひそ言い合つていた。何事が持ちあがつたのだろう、と心中、少なからず動揺させながら入口に近づく私に、そのわけを伝える子供がおり、言われたとおり、一人のルンペンが寝ているのであつた。

小屋は、階下と階上と、二段になつており、階下の方には、近所隣りのガラクタや、炭俵、魚箱等乱雑に投げこまれ、そんなものが置いてない出入口近くへ、くだんのルンペンは、筵を下に敷き、着たなり仰向けに長々と横たわつていた。六尺近くの大男で、としは四十歳前後、ぼうぼうとのびた頭の方には、彼の全財産を詰め込んだ大きな袋を置いていた。その彼は、じつと眼をとじたなり、寝たふり装つて、顔色は土のように干からびているようであつた。

ちよつと、自分の住居ながら、小屋の中へ足を入れるのがためらわれ、二の足を踏む思いで、私は近所の魚屋ともう一人の漁師と一緒に、小屋の前から今しがたやつてきた方へ歩き出していた。

「おん出しちやつた方がいいな」

と、手拭で鉢巻きしている漁師が、私の顔をうかがいながら言い出すのである。

「子供が、はいつて行くところを見つけ、騒ぎ出したんだが、あのルンペン、マッチを持つているそうだ。そんなものを持つていたんじや、みんな寝静まつた夜中に、何をするかわからないからなア。——おん出しちやつた方がいいなア。素直に出て行かなきや、交番へ行つて、巡査をひつぱつてくるんだなア」

と、漁師は、口をとがらせ、忠告急と言つた調子であつた。が、私としては、寝そべつている大男を、いきなり追い出すのも、何やらこころもとない仕儀と、だまつているしかなかつた。

「あの男、大分体が弱つているようだよ」

と、並んで歩いていた、若い魚屋の方が、小さな声で言い出した。これに助太刀された如く、

「ウム。顔色もよくないようだ。こうしようじやないか。今夜ひと晩、ああして置いて、明日になつても出て行かないようだつたら、その時は、また、その時のようにしようじやないか」

と、私は鉢巻の漁師の同意求めてみた。「じや、今夜だけな」

と、漁師も得心がいつたようである。

二人と、長屋の角で別れ、私は小屋へ引き返してきた。中をのぞくと、大の男は相変らず莚の上へ、ぐつたり長くなつている。ひとの気配に、彼は眼をあいたが、野獣のような眼光である。

「明日になつたら、すぐ出て行つてくれ」

と、私は、男の方を向いて、おつかぶせるように言い、

「近所がうるさいからな」

と、弁解じみた文句をつけ足していた。

大男は、かすかにうなずいてみせ、

「働かしてくんなし」

と、どこかの国の訛り言葉で言うのである。

「そんなこと、オレ出来ないよ」

と、私は首を振つた。小屋住いの私に彼を雇う必要などないにきまつていた。

「あした、早く出て行つてくれ。頼むよ」

と、それを言い置き、ハシゴ段上り、てつぺんのところへ、はいてきた下駄ぬぎ捨て、赤い畳が二畳敷いてある場所へ、足を入れた。そして、ビール箱を机代りにしているはしへ、太目のローソクをたてた板をのせ、マッチをすつた。あかりは、階上の一部分だけ照すのみで、階下へは届かない。無断で小屋を寝所とした大男は、まるつきり暗がりに居るわけであつた。

ローソクのあかりで、本など読み出したが、私はへんに落ちつかなかつた。本のページに心は向いているようで、つい背中の方へ神経が集中してしまい、ことりともの音たてず、死んだように長くなつている男の動勢が、気になつて仕方ないようであつた。

舌打ちしながら、いつそ早寝ときめて、私は押入れから蒲団をひつぱり出しビール箱の机片寄せたりして、狭い場所へ一杯床をのべた。そして、その中へ、もぐり込んだが、同じ屋根の下で寝ているもう一人の人間にけんせいされ、なかなか寝つかれず、がそのうち、ようやく眠りに落ちて行つた。

翌朝、すつかり明るくなり、床の中から上体を出し、階下の方をのぞいてみると、大男はゆうべからと同じ姿勢で仰向きに長くなつている。体をのり出し、私が高い所からやいやい追い立てがましい口をきき出したので、ルンペンはのつそり起き上り、もの臭さそうに大きな袋を背負つて、こつちへは何のあいさつもなく、はいつてきた時同様、戸じまりのしてない出入口から、ぶらつと出て行つた。

のど自慢

私はマージャン、将棋、球突きといつた風な道楽が殆んどない。花札はいくらか知っているが、ここ数年手合せをしたためしはなく、至つて不趣味な人間に出来上つているようである。金がかからず、健康にはもつて来いの散歩が道楽といえば私の一枚看板のようなもので、東京にいる時も、小田原へ来てからも、これは日課のような工合である、目当てというものがなく街道や海辺を流して歩くのが何んだか愉しいといつた塩梅だ。散歩好きな男にはうつてつけの、何時に出て何時に帰る勤仕事はここ十年やつたことはなし、そういう仕事がないから散歩ばかりするようになつたのか、ここのところのからくりは判然としないが、どつちみち私に浮浪者の血が相当まざつているのに間違いはなさそうだ。女房子供のない独り暮しをはたで思うほど苦にしていないというのも、根が宿なし者に出来ているからであろう。

このところ小田原に釘づけ同様になり、東京へも半年にいつぺん位しか顔出ししなく、それ故にもつて生れた根性が輪をかけて私を散歩に追いたてるらしい。自分ながらあきれるほど町中や近在を歩るき廻るのだ。散歩というものをひつこぬいてしまうと、私の生活は半分はなくなつたも同然になりそうである。

汁粉とかあべ川とかそんなものが好きな甘党で、酒はしんからという訳ではない。酒がのみたいと本気でそう思うようになつたのは三十からこつちの話である。といつて、今日でも自分独りでチビチビやることなんぞ滅多にない。つれがなくては飲めない酒で、つれとの口すべりをよくする為めか、心中のもやもやを吐き出すよすがに飲む酒である。酒も人によつていろいろ飲みつぷりがあるように、私の酒も相手により又その時のこつちの虫の居どころで、ムラが多く纒《まとま》りないようでありながら一番の上機嫌はといえば酔うほどにおのずから口をついて唄が出る場合である。

唄は子供の時から大好きであつた。「ま白き富士の根」などは私の七八つ時分の流行唄のように思うが、その頃からその唄を聞き覚えているようであつた。小学校時代も一寸行つた中学校時代も唱歌の時間というと、妙に胸が弾んだものである。気違いじみた散歩癖に、放浪性のようなものが裏うちされているように、私の唄好きも矢張り一種の血の現われらしく、それというのが弟も矢張り同様の唄いじようごである。亡父も酒間に都々逸などの余技を持ち合わせていた人間で、大の浪花節ファンでもあつた。母親の唄うのはあとにも先きにも聞いたことがないが、長年の病床にあつてラジオの歌や長唄などには中々きき耳をのばしているようである。弟の子供甥の貞男は今年五つであるが、これも廻らぬ舌ながら「愛馬行進曲」をひと通りこなすには感心させられるのである。

先達箱根で田畑修一郎、中山義秀君と三人で牛鍋を囲みながら、酔いをかつて、てんでに唄いあつた。田畑君はお国自慢の安来節、義秀君はさすがに持前らしく本能寺の朗吟が手にいつており、俄か仕込みの花柳界畑のものはそれほど曲がなかつた。それに負けまいと田畑君は槍錆びであるとかその他いろいろ隅に置けない歌を、堂に入つた調子で続けるのである。同君とは長いつき合いであるが、彼がこんな類の唄をこんなにうまくやるとは初聞のような訳で、私はいささか毒気を抜かれたていであつた。そういう、手のこんだ、むずかしい唄は私の企ておよばない代もので、魚屋をしていた昔から小田原の待合に時たま上りこんだ経験はあるとはいえ、そういう、端唄とか館山を覚えるところまで通うとまでは行つていない、しがない遊び方であつた。あとで同君の釈明する口によると、彼は彼の養母に教わつたものであるという。その家は山陰の粋な旅館で、そうきくとなぜか私も結び目のとける思いであつた。義秀君の出どころは、道玄坂あたりらしい、とこれは、その翌々晩宇野氏が小田原へ見えられ、三人が氏の御馳走になつた席で氏から説明された。

絃にのるとうぬぼれているものとしては、磯節、木曾節、米山節、島節、佐渡おけさ、串本節まあざつとそれ位のものである。文句も短かければ、節も簡単なその土地々々の民謡があるが、これが私は大好きであり、少々自信を持つているのである。とはいえ、この自信というやつだが、誰だつて自分で唄い、自分で聞いている分には、自信なんかというものが生れる筈はない。人がきいてうまいまずいをいうから、自信もつくようになるし反対な気持にもひつぱりこまれるという寸法で、何によらず自信あるなしなどは、およそ他所行の心持ちのようである。自信も不信もなくてしたいことが存分やれれば、それがこの上なしの話に相違ないが、世の中のこと万事に邪魔が多いとみえる。

私のところは民謡であつた。始めての義秀君は私の木曾節にひどく感服したらしいのである。再三の所望である。私のやるそばから覚えこんでしまおうという勉強ぶりで、あの巨躯を前かがみにし、頸をふりふりあとをつける。私の民謡に感心したのは同君が始まりでなく、この点から私の自信が生れているらしいのだが、すぐそばから覚えてしまおうとあとをつけ出したには少なからず驚いたのである。宇野さんを中にした時も彼は木曾節の註文をつけた。この時は、宇野さんの文学談があつてのちに酒となり、同氏の文学談が頭の中にまだつかえてある折であり、宇野さんの同座を忘れるほど酔の廻つていない刻限でもあつたから、ついカタくなつて義秀君を失望させた。

座興の唄でも、唄う当人の心持ちがぴつたり唄に向つていないと、うまく行かぬものらしい。心が澄んで、木曾節の場合では、山と山の間をうねり行く木曾谷の風情を宙に描きながら唄うのでなくては十分ではないようである。「笠にナア、笠に木の葉が舞いかかる」と唄うには、その場の情景をありあり写しながら唄うと趣きが多くなるようである。ところが私はまだ木曾谷を目で見たことがない。島崎藤村の小説や葉山嘉樹のもので、僅かに連想出来る位のありようである。又義秀君始めいくらうまいとほめてくれても、本場の福島出の芸者に手ほどきされた訳でもない。先年ラジオで木曾節が土地の人によって放送された時が本ものに接した時で、私は一心であった。それまで唄っていた私の木曾節が結果大修正を加えられたのであった。小田原あたりの芸者のそれは、外の民謡でもそうらしいように、随分といい加減なものであった。以後私は本場のに近い木曾節を会得して今日に至っているとして置く。

また別の十八番とある磯節にしろ串本節にしろ本場ものと照し合わしてみないことには何んともいえないのであるが、それらを口にして既に二十年以上になることはなるのであった。魚屋時代に覚えたので、その頃はまだ登山電車が強羅まで開通していなかったから魚屋は魚を担いで、塔之沢《とうのさわ》、大平台、宮の下、底倉《そこくら》、木賀《きが》とのぼって行くのであった。帰りは空籠で下って来るのである。掛け茶屋で待ち合わし、五人八人となると揃って崖路を大平台、塔之沢と下って行く。大抵は魚屋の年期小僧か使用人で年若だった。女の話から女郎屋の話、軈《やが》てはきまって島節、磯節の合唱になる。一日の仕事を終って、空籠で下る気持は悪くないのであった。酒もないのに、唄が次々と続くのであった。

この仲間の一人で当時十七八歳の私は、もともと下地が下地だからすぐ覚えこみ、皆と一緒になった。米山節を教えてくれたのは山口という魚屋の使用人で、耳白《みみじろ》の袢纏《はんてん》に紺絣の股引の似合う小造りながら中々いなせな若者であった。彼を忘れないのは、米山が覚えこむに手間がかかったからであろうか。

そんな次第で、私の民謡の出所は甚だ民謡的であるかも知れない。けれども私の自慢は民謡に限つたことではない。女給をしていた女からは「君恋し」などの流行歌を教わつたし、ジャズゾングもやれば、また各大学の校歌、「城ケ島の雨」「鉾《ほこ》をおさめて」もやるのである。「鉾をおさめて」は先夜宇野さんの前では始めてではあつたが大変なおほめにあずかつた。それから詩人福田正夫氏直伝の短歌の朗詠は、おもに啄木と牧水の作であるが、過日教えた当の福田さんがびつくりした程手にいつたらしい。と、こんな風に臆面もなくのど自慢をしている裡「何んでも屋の何んでも知らず」と呟くすき間風が忍びこんできた。

月の床

十三夜の月のいい晩であつた。

墓参り旁々帰つたというS君と、駅前の食堂を振り出しに二三軒のみ廻り、久し振りの酒にしたたか酔い、酔いしれて、唄も出れば、給仕女にもはしたない仕儀に及び、街角で「また逢う日まで」とさし出した同君の大きな手を握り、別れの言葉も忘れ「俺はお月さんを抱いて寝るよ」とそんなことを嘯《うそぶ》いて、月明りの街をぶらぶら帰つて来た。

海もあたりも一面の物凄いような月光であつた。長屋と長屋に挾まれた小舎の戸をこじあけ、赤い畳の二畳敷かつているところへ立つと、眼を射るような月影が畳のなかばあたりまでさしこんでいるのであつた。これある哉と、早速ビール箱で仕立てた机を隅の方に寄せ、押し入から布団をとり出した。敷布団の方は皮がひどくさけたので、先達弟が入営の折ののぼり旗が一枚風呂敷代りにしてあるのを幸い、それを解いて布団にかむせ、覚つかない手つきでところどころはとじあわせたのであつた。そいつもいつか二三小ぎれで膏薬をはつたような体裁のものになつていた。枕を買うのをうつちやらかしているので座布団を二つ折にし、目と鼻の海の方へ脚をのばして長くなつたものの、腹の上まで届いている月光に、中々観音開きの扉がしめかねるようであつた。

二畳の住居にもヨーロッパの地図と大東亜共栄圏とうたつたかなり大ぶりなのと二枚はりつけてある。私と雖もこの二つを時々眼を据えて眺め入ることがある。そして国際情勢や日本の行く末に思いもこらすのであるが、段々地図にも見馴れこの頃では余りその方へ眼を向けないようになつたようである。

独り寝の床に亡き祖母夢に出づ
　目ざめてみればまなこ濡れをり

明石海人の歌集を食堂のさる女中から借りて来て読んでいるうち、ふとそんな歌が浮んだまま急いで書き止めて置いたのだが、この歌は重々実感であつて、小舎の中に寝る独りの床というものが、そんなに味気ないせいか、子供の時分から大きくなるまで私を眼の中に入れても痛くないように可愛がつてくれた祖母の白毛頭にぽちやぽちやとした顔が時たま夢に出るのであつた。「おばあ」とでも夢の中でその名を呼んだところでふと眼がさめてしまつたか、気がつくと私は泣いていたのであつた。海人の歌にも、病がずつと進み、呼吸も困難になつたある夕、母の声をきくというのがあつた。弟も彼が大場鎮で傷つく前、塹壕の中で毎夜のように肉親共の夢をうつらうつらみたといつたことがある。名を出すのは如何かと思うが、田畑修一郎君も、嘗《かつ》て死ぬに死ねず、生きるに生きられないような四苦八苦でさいなまれた不眠床の夜々、彼の亡くなつた義母がよく夢に出、こつちへお出でと同君をさしまねく手つきをすると洩したことがあつた。そういえば徳田秋声先生も、恋愛に傷つき、子供とは反目状態となり、かてて原稿の依頼もまるきり途絶えた当時、矢張り亡くなつた長女のことをいわれ、瑞子が生きていてくれたら身の廻りがなどと呟かれたこともあつた。死んだら湯かんをしにきてくれと、私のような頼りない者にそんなことをいわれたのも矢張りその時分であつた。

人間、どんな人間でも大なり小なりそれぞれ因果の種を宿している、宿命とは因果なものであるときまつているにせよ、亡き数に入つた肉親の名をよんだり、夢にそれをみるというなどはよくよくの事に相違ない。自分が承知していないところでというのは日頃祖母のことなど碌すつぽ思い出さないからなのであるが、それでいて時に夢に出て来る、これはどうしたことだろうかと考えるまでもなく、私というものは自分の思つている以上因果な瀬戸に立たされているのに相違ないのであろう。云えば愚痴になるが、血をひく者は病母に弟と弟の家族、さしあたりその位で、己には妻も子一人ある訳ではない。友達といつたところで小田原にいれば数も至つて少ないのみか、文字通り喰うだけでなくなつてしまうような収入では賑かな交際も出来にくいのである。原稿が金になるならないはまだしも、書いても書かなくても芸術の円光が頭上にありなしやこれも随分と怪しいものであつた。

大体変人で内気で無精者で、下手をすると小さなカラの中にとじこもり黐てはその中で窒息しまいかねない私の持ち前では東京でも玉の井や喫茶店の方角にこそ足は向え、友人やその他のところへは次第に遠のいて行つたのだが、小田原に来てからも、人の住む屋根の下より往来の方に寧ろ居心地のよさを覚えるといつた寸法で、街や海岸や近在を歩いて、時勢につれる活動を始めた土地の文学同好会などにも不義理を重ねる方が多くねつから世間というものへ這入つて行かない。そんな人中がいつそわずらわしく、人にどうこういわれたりたてられたりしたい色気のようなものも、頭の白毛とあべこべに褪せて行く一方らしい。こんな風ではとそぞろ寒む気を覚え、今時良寛、芭蕉の境をうかがうとは不似合であると自分を叱りつけても、いつしか身にしみこんだらしい厭離思想というものはおいそれとは抜けず、小舎住い故に隣り組にも入れて貰えないのをよいことに、マッチや何かの配給にあずかれない代り私も余程の時でないと近所の人達と同一行動をとらない気色であつた。とは云え生身は生身である。あとのこる十年十五年をこのままそつと独りで暮し、いよいよねばりきれないようなときが来たら、あつさり露のように消えようとも腹に畳んでいるつもりが独り寝の床では女の顔など夢に描いて色情を催すようであつた。心が宙に浮いて中々寝つかれなければ、藁人形でもひとの形をしたものがそばにほしいとも思い、枕もとにまぎれこんだ羽虫にも戯れるようにしていたが、この頃朝の目覚めに定つて一人の女の半身像をうつつに見るようになつた。駅前の食堂に働く二十二の娘で、ひとは棺桶に片足つつこんだも同然と云うとしの身空で、そんな若い女に惹れるとはこれ又ひとつの因果図に外ならないのであろうか。

昨夜もいい月夜であつた。月影にさそわれ、小舎からちびたステッキを持ち出し、天守もない、石垣など崩れぱなしの城あとを歩いて、心閑《しず》もり句が浮んだ。

名月や崩れ城趾の松高し

亡びの歌

昭和初年、小田原の宮小路には、百数十人の芸者がいた。中で、全盛をうたわれたのは『尾花家』の姉妹であるらしかつた。姉は、染香、妹はおゑん、『尾花家』の実の娘の由、はたち前後の年恰好であつた。『尾花家』は、ふたりのために、倉がたつた、と取沙汰されたほどで、姉の旦那は、第一次大戦で儲けた成金でいて、男爵という肩書つきでもある、某船会社の社長、妹の方は、土地の実業家が、かわるがわるパトロンの役を買つて出る模様であつた。外に、『尾花家』には、五人のかかえ、下地ッ子まで揃い、看板は新らしくとも、互角の競争出来る同業者が見当らない勢いであつた。

瓦屋根の、総二階造りで、間数も相当あり、しやれた坂塀、檜の門柱、赤松が型通り往来へ枝をのばしていた。箱根は勿論、姉妹が東京往復には、自家用車とはゆかないまでも、出入りの自動車に納まり、停車場と『尾花家』の間を走らせていた。妹のおゑんが、現在でも時代劇映画の第一人者である、阪東なにがしに云い寄られ、これを振つたとか、はねつけたとか、春秋の『おさらい』には、衣裳に万金を惜しまないとか、そんなとりどりの噂が噂を生んで、土地の者を煙に巻く工合でもあつた。

姉は、エラなどはつている顔だちで、それほどのものでもないが、おゑんは、容貌押しだし、まず、中分ない器量を備えていた。色の白い、やせても太つてもいない体は、五尺をかなり上廻り、顔は大きく、長目な面だちで、眼鼻口の造作も整つて派手であり、左の眼尻に近く、おしろいでは隠せないほくろがひとつあつた。盛装したおゑんが、内股気味のゆつくりした歩きつきでやつてくるところ、自らあたりの塵を払う趣きもないではないらしかつた。

その女を、一度座敷でみよう、と企んだことがあつた。つれと、ふたり、宮小路で一番大きい、料亭『春日』に、始めて上りこんだのである。私は、当時、東京であぶれ、故郷に舞い戻り、三十歳という勘定になつていながら、煙草銭を十銭二十銭と、女親にねだつたりして、心ひもじい明け暮れを余儀なくされていた。つれは、遠い血縁つづきの者で、親に押しつけられた女房を貰つて、まだ半年もなつていない、カマボコ屋のあととり息子であつた。ただつぴろい十二畳で、小男の私と、その私よりまたひと廻り小さい五尺足らずのつれと、盃のやりとりを始めているところへ、名ざしの女が、のつそり、襖をあけてはいつてきた。白つぽい地に、銀絲を綾織る丸帯、指のダイヤも贋物ではあり得なかつた。私の隣りに、控えたはいいが、女は口を利くのも面倒臭さそうに、ふたりへ一度づつしやくをしたなり、あとは、ろくな話しの受け答えもしないようであつた。つんとした顔つきで、あらぬ方を向いているのである。何か、弾いてくれ、と頼んでも、聞えぬふりであつた。挨拶もせず、三十分たつたかたたぬ間に、居なくなつた。ものの見事に黙殺されて、二人はあいた口が塞がらず、おゑんは間もなくひかされ溜息さえ洩らしかねないようであつた。『伊豆屋』という網元に、おゑんは間もなくひかされていた。『伊豆屋』の当主は、さる魚屋の次男で、はたち越すまでは、紺の股引に、めくら縞の半纏腹掛けというい、で、た、ちよろしく、町の商家しもた屋などへ、毎朝鰺鯖の類いを、売りに歩いていた者であつた。これが、見込まれて『伊豆屋』の養子になおり、家つき女房と一緒になつた。彼の代になると、網の方も、例年鰤《ぶり》の大当りをとつた上に、『株』の売り買いにもいいメの出どおしで『伊豆屋』の身代は、とんとん拍子のふくらみ方であつた。勝負運の強い男で、読み書きは達者でなく、政治方面にも、別して興味を持たない彼だつたが、待合酒には殊の外執心振りで、成行きは、多くの競争相手を退け、おゑんを囲いものとして、生捕る仕儀となつていた。四十歳に、まだ間のある彼の頭髪は、既に半分以上も白毛と変り、下腹の出ぱつた、いつも酒の気のきれたためしのないような赭《あか》ッ面には、不敵な獣的な力が漂うようであつた。時に、おゑんは二十四歳であつた。『伊豆屋』の妾宅は、北条五代時代、中国人が渡り住んだところから、その名ののこる唐人町に出来た。平家建ながら、天井の高そうな表門も裏門も設けられ、表門から玄関までは、敷石づたいに三四間ありそうな、土地のそれとしては先ず堂々とした構えであつた。

おゑんは、囲われて、一年たたない間に、女の子を生んでいた。『伊豆屋』の本妻には子がなかつた。どうと云うことなく、おゑんは『猫』よりましなものに違いないわが子と一緒に、日蔭の身空を持ち続け、三丁と離れていない『尾花家』に出向いて、姉の相手の、つづみの稽古などで、時間をつぶしたりしていた。『伊豆屋』も、彼女の外には別に浮名のたつようなまねをするふうでもなさそうであつた。

世が、日華事変となつてからである。

女出入りから、東京をしくじつた芸人が、小田原へ流れてきていた。杵屋勘九郎と名乗る四十過ぎの男であつた。そのみちでは、一流の名前で、歌舞伎座の舞台に坐る折など、ワキのすぐ下位のところを占め、赤坂あたりの芸者も多くその家に通うようであつた。女房に娘一人の小人数が、小田原へきた当座は、素人屋の二階、六畳に四畳半を借りて、早速弟子とる運びとみえたが、古くからいつく長唄師匠より、五六倍も高い月謝をふつかけるようであつた。それでも、看板が看板故に、芸者、有閑婦人、実業家の娘等が、ぽつぽつ集つて行つた。流石に、勘九郎の三味線は違う、というような評判も立ち、今度は東京を永久的に断念し帰国して実家の物置小舎に、ビール箱の机を据え敗残の身の支えともしていた私など、往来を歩きながら勘九郎のバチ捌きに耳をすませ、思わず立ち止る場合もしばしばあるほどであつた。

清元と、踊りの、名取りとあるおゑんが、勘九郎の許へ弟子入りしたのに不思議はなかつた。聰て春秋のおさらいには、赤けつとうの上に、紋服姿の勘九郎が納り、その隣りに、同じ装いのおゑんが三味線とつて控え、師匠と母親の唄いひく曲に合わせて、まだ小学校三四年のおゑんの娘が、よちよちと、子守など踊る図も、繰り拡げられる段取りになつた。それが、三回四回と折重なる裡に、勘九郎とおゑんの仲が、岡焼き半分、狭い土地の人の口の端にのぼり、程なく、彼女は娘に、妾宅、手切れ金つきで、暇を出されていた。『伊豆屋』は、誰がみても、実子と知れた娘を、おゑんのそばに置いては、行く末が案じられると、不憫もまして、手許へ引取ろうという腹らしかつたが、本妻は「芸者に出来た子など——」と突つぱり、自分に子のないのを棚に上げ、つもる恨みを晴すはこの時と、横車を押し通し、とど『伊豆屋』を泣き寝入りさせてしまつた。養子という、世間ていにも負けた柄にない赭ッ面の弱気であつた。その手は、先刻百も承知、といつたように、おゑんの熱中ぶりは、『伊豆屋』ときれてから、余計度を加え、白昼勘九郎とふたりづれ、町中を練りゆくようなさまも、ひんぱんとなり、ほろ酔いきげんで、鰻が自慢の料理屋から、並んで出てくることなども再三であつた。

杵屋は、間借りから、二階のある家へ引き移り、弟子の数も、少しづつふえるようでいて、それでも東京でうつていた頃に較べれば、十分の一あるかなし、というほどの身入りであつた。飲み食いや何かの入費は、おもにおゑんの蟇口《がまぐち》から出ているようであつた。玄人上りらしい、勘九郎の女房も、ほそ面の小造りで、控えめにしているような女振りとみえたが、黒眼のすわり気味なその眼つきには、ころんでもただは起きない、しつかりものとも、したたかものとも踏めそうなものがちらついていた。うかうか、している間に、おゑんは姉の染香に、表門も裏門もある家を乗取られ、自分は娘と一緒に『尾花家』へていのいい居候といつたような恰好になつた。

それほどのとしでもないのに、頭髪は殆んど、つるつるのやかんで、上背のあるすらりとした長身が、心持ち猫背の撫肩で、笑うと金歯のちらつくその歯が、芸人らしい、やにッこい愛嬌をみせる勘九郎の出入りは、赤松が枝をのばす門と、ところ変つても自由のようであつた。その彼に、操をたてとおす、古風な貞女のごとく、おゑんも二度目の旦那を物色するようなことなく、左褄《ひだりづま》とつて昔の商売を始める様子もみせず、『尾花家』に落ちつき払つていた。既に、彼女の双親は亡き数となつたものの、やりての姉に妾宅を明け渡したりしたところから、暮し向きに気を使う必要は、当分の間いらなかつたのであろう。又、育ちや、その肌合いからして、小ていな飲屋でも始め、客の機嫌や、みみつちい金銭のやり繰りを巧みに処理してゆく才覚など、もともと出来ない相談の女でもあつた。

おゑんが、『尾花家』に引揚げてから、私はちよいちよい、宮小路のセメントで固めた往来で、みかけるようになつていた。

あたまは洋髪にしているが、着物はきまつて和服で、夏場でもゆかたで通す薄化粧の女は、三十歳を過ぎて、一寸色の褪めた牡丹の風情ともみられた。時折、娘がつれだつていることもあつた。そんな、おゑんの容色は、いつそ私には、いまいましいものに映り、嘗て『春日』の座敷で、石ころの如く黙殺された手前もあざのようにのこるようであつた。所詮縁なき衆生と、白い眼を向けがちであつた。

それが、だんだん、おゐんの方から、通りすがり、私へ目礼のようなものをみせる風向きに変つて行つた。二度が三度になると、いぶかしげな顔つきで、私も相手に調子をあわせる仕料《しぐさ》に及ぶのであつた。子をつれている場合でも、おゐんはそんなにして通り過ぎ、ニコッと紅の口もとを解いてみせたりした。あの、全盛時代、つんと、お高く取り澄まして、下手な者など、よせつけなかつた女が、現在はとしもとり、その身辺も変つたにしたところ、四十近くになつても、仕事にこれといつたメが出ず、物置小舎にくすぶつている、やもめ暮しの男に、いつたい、何の用あつて、会釈を向けてよこすのか。根が、迂遠な私は、狐に鼻をつままれた形で、それが度重なる裡には、先方の眼色に答えるこつちの姿勢まで、しどろもどろになるようであつた。

料理屋待合すし屋など両側に並ぶ酒臭い通りを行き、赤松が板塀のうち側に縁をつける『尾花家』の前を過ぎすこしすると、向うから紫色の地に草模様を散らした羽織を、黒の紋服の上にひつかけたおゐんが珍しく白く濃く塗り急ぎ脚であつた。その日は『やつこ』という食堂の大広間で長唄のおさらいある由私もかねがね聞き知つていた。

おゐんは、私にぶつかりそうになる一二歩手前で立ち止り、撫肩で息をするようにし、切れの長い、黒眼の澄んだ大きな眼を、扇子でも開くようにしてから「もう、始まつていますの」と、弾んだ声色をみせた。まるで、招待状でも出して置いた相手にいうかのような、距てのないもの腰であつた。「これから行きます」と、私がふつきれない口調で答えると、どうぞというようにその眼で促し、満足そうに、長い頸筋まで縮め、ニコニコと又小走りになつた。こつちから行く私と、横丁の路地から出てきたおゐんと、曲り角でだしぬけ一緒になつて、女の顔が、ぱつと上気するのを、軒燈のあかりでみるような夕べもあつた。そんな、他愛ない女の振舞いは、日夜かつえながら暮している男をして、へんなふうに気を廻させ、いつか甘い皮算用にさえふけらせるようであつた。とはいえ、よかれ悪かれ、身の程のわきまえ、それ故かえつていじけ勝ちな私は、おゐんの向けて寄越すしなやかな手を、ぐつと摑んでたぐりよせるような芸当など、中々くわだて及ばないようであつた。ひかれながら、これをやりすごす、うじうじした、足なえに似たざまであつた。

既に、サイパンは陥ちB二九の本土来襲が近ずいていた。

私の小舎にも軍用人足の徴用令がきて、明日は横須賀へ行くという日、くりくりの丸坊主頭となつた。その頭を、遠くからみつけたおゐんは、ふつと眼を細くし、例の罪のない笑顔で近寄つてきた。そばに女学校へはいつたばかりの娘が臙脂《えんじ》色のリボン垂らした、セーラーを着て歩いていた。私は、もの云えず、まばゆさに、女のよれた口もとなどみたなり、行き過ぎていた。

小田原の、盛り場宮小路は、焼夷弾を見舞われ、大半焼けて、その翌日は『八月十五日』というわけであつた。

『尾花家』は、あぶないところで、類焼をまぬがれ、唐人町の二つの門のある家も助かつていた。姉の染香は、妾宅の方を人手に譲り、翌年の秋には、『尾花家』を、芸者家から料亭と模様換えし、門柱に水たきと毛筆で書いた看板をとりつけたりした。間数の多い建物故、そのまま客の通る場所に間に合つていた。彼女は、きまつた亭主というものを、もつたためしがない身状でいて、東京の大学へ汽車通学している息子があり、芸者をしていた長女はその社会では型破りの堅気に縁づいており、その外は、小金をつけて、左から右へ他人に手離してきたようであつた。金縁眼鏡かけた、よぼよぼの老人も『尾花家』によく出はいりしていた。おゑん親子は依然としてそこの厄介者であつた。

勘九郎の借家も無事で、彼にしては風変りな、鳥打帽の背広姿で、ズックの小さな鞄など肩にかけ、時々焼け野原の都会へ出向いてもゆくふうだつたが、インフレ景気で、土地の商売人の懐がふくらむにつれ、女の子の弟子入りが、目にみえてふえた。一人娘が、父親の代稽古していた。白足袋の似合う男は、相変らず『尾花家』への出入り勝手で、場所もあろうに、その門前で、おゑんと戯れているところなども、人目についていた。

ドラム罐に、右の足頸を痛めつけられ、その為めびつこひきひき、小笠原父島から帰還してきた私は、住み馴れた物置小舎に御輿を据え、使い古したペンを、再びとるようであつた。出版景気で嘗て覚えのない程、原稿が金に換えられたとは云え、もとよりひとり口が、どうにか塞がる程度のものであつた。それでも、二十代の青年に還つたような調子で、ペンに気を入れ、続けてみると、満更悲観したものではない、私なりの立ち直りが出来そうであつた。

おゑんのところは、事情が前より、ずつと悪くなつていた。娘も女学校を中退していて、眼ばかり光る、顔色のあおい、日蔭臭い子になつており、女親始め前にまして別段用もなさそうなのに、外を歩きたがるようであつた。

勘九郎と、小料理屋から、現われる図など、絶えてなくなり、大抵は学校を止めた娘と一緒に歩いていた。彼女も、おつつけ四十で、大柄な体や目鼻の造作が派手に出来上つている顔など、さしてふとりも瘠せこけもしなかつたが、クリームで拭つただけの顔色がとみに悪くなり、はりのあつた瞳孔もあきつぱなしみたいな塩梅にみえ度々水をくぐつた足袋を穿く足許など、ひどく覚束ないものになつていた。以前を知る者は「すつかりぼけてしまつた」と、その変り方にびつくりするようであつた。出歩く点では、おゑんに、ひけをとらない私は、気がさすほど、彼女を往来でみかけていた、双方の眼と眼があえば、彼女も頭を少し下げ、掬いにくいような微笑を浮べ、行過ぎていた。そうした女のうしろ姿に、前と違つた、気の滅入るような、暗い佗しい、陰気な影がさすのを如何ともなし難《かた》かつた。

路傍の人に近い、私にも大体の察しはついていた。『尾花家』の新商売も予期に反したはんじょう振りだつたし、エラのはつた下司ばつた顔をしている姉と同じ屋根の下で、そういつまでも、親子して暮してゆけるわけもない筈であつた、といつて、おゑんを丸裸にしたという噂も立つている勘九郎に、彼女を世話するだけの実意も、資力も怪しいものであつた。左褄とるにもとしを取り過ぎて、甚だ外聞の悪い仕儀だつたし、いわば札つきでもある四十女の、旦那という役を今更買つて出そうな粋興者も、滅多にいよう訳がなかつた。

そもそもの、金にころんだ、滑り出しからして、間違つていた、といつてしまえばそれまでであるが、一応自業自得としても、いちがいなことを云つて、その愚を嘲笑い、いい気味だ、とやり過ごすなどは私の思いもよらないところだつたし、だからと云つて、彼女達に手を貸す段になると、己の細腕や、生理方面も気になり、改めて口惜しがるしかないようであつた。ついでに、勘九郎という男の、体臭がしみとおつているような女を、自分が抱くのはいやなことにも思われた。まつすぐ、惚れ抜いた女心は、後光さすかと感じたが、何分にも、その相手には、折合えないものが残りがちであつた。

外であう、おゑんの眼から頼まれもしないのに、重い意味を汲みとるにつれ、これにこたえる私の顔つきはきしんだようになり、又無関心を装う冷淡さともなつていた。通りすぎたあとは、きまつて後味のよくないものに、からみつかれるようであつた。昨年の夏のこと、勘九郎は、宮小路の焼けあとが、まだ空地になつているところへ、小さな三間ばかりの平家を新築していた。屋根こそ、瓦であるが、木口などの荒い安ぶしんであつた。移転の日、おゑんは、色の褪めたゆかたに水色の襷がけで、勘九郎の眼のすわつた女房と一緒になつて、まめまめ立働いていた。おさげにしたおゑんの娘も、大根などかかえ、玄関からはいつて行つたりした。しかじかを、散歩のみちすがら、みとどけた私は、ぽかんと口をあいていたに違いなかつた。

『伊豆屋』は、総白毛になつていた。六十歳に近いが、相変らず、酒の気のきれないような赭ッ面で、猪頸あたり艶々しく、両眼にはまだ並々ならぬ精力を思わせるものがあつた。

終戦後、それまで個人経営であつた網の方は、外の網元に魚市場側も加つて、『東海漁業』と称する株式会社が成立されたところから、合併ということとなり、そこの重役に納まっていた。一方『株』にも、ずつと手を出し続けてきたが『伊豆屋』の身代に、さしたる狂いはないようであつた。それでいて、先見の明あるごとく、当人は自分一代限りと見切りをつけ、養子に迎えた、子なしの女房の甥は、大学を出して、近在のフィルム会社へ通勤させ、戦後これに嫁をとらせて、二人の間には、三つと当歳の赤児が生れていた。姉の、染香あたりが、泣きついたか、『伊豆屋』が十年ぶり、おゐん親子の面倒をみるという運びになつた。顔の輪廓、目もとなど生写しの、わが子にひかされたのが始まりか、己の顔に泥を塗つた憎い女にまだ未練あつての結果か、それとも、うつちやつて置いた日には、どんな恥曝しな境涯にも落ちかねないふたりを、世間の手前からしてもみて居られなくなつた、という心づもりか、兎に角『伊豆屋』は、場末にトタン屋根の平家で、節穴だらけの塀に囲まれた、四間ほどの前とは全然趣きの異る家を建て、おゐん達にあてがつていた。早々に、肩身の狭い思いをしつづけた『尾花家』から、親子は僅かな道具をリヤカーに乗せ、引き移つて行つた。町中と違い、夏は藪蚊の多い、日当りもそれほどでない住居も、ふたりにはさしずめ別天地にいる心地であつたろう。

『伊豆屋』は、毎朝、日の出間際に起き出し、降つても照つても、以前彼のもちものであり、今はそこの責任者ということになつている、小田原から、東へ三里ばかり離れた漁場へ、バスに乗つて見廻りに行くような老人であつた。その彼が、詫びも入れ、自分の前では、頭の上らない女と変り果てたおゐんに、どんな仕打ちをしてみせるのか、勘九郎と違い、彼等が二人揃つて、出歩いているところなど、今に一度もみかけない私らには、一寸想像に余るものがあるようであつた。娘が、女学校へ復校したとも聞かなかつた。

入口の表札は、女名前になつている家で、久し振り、戦争危機のやかましい正月をし、梅がちらほらほころびる頃になると、またおゐんの出歩く姿が、宮小路あたりで見受けられるようになつていた。仕立下ろしのコートなど、ひつかけ始めたが、おしろいの顔色が一向冴えず、眼尻に近いほくろも、不吉なしるしみたいに、目立つのであつた。娘が一緒の時は、突ッかい棒をつれているような有様でもあつた。彼女の足は、呉服屋、小間物店などより、多く勘九郎の家へ向うものらしく、『伊豆屋』を憚かり、みる者がはらはらする位であつた。おゐんよりとしはひと廻りほどは違つていながら、背丈は彼女の肩位までしかない、勘九郎の女房と、言葉少なに歩く時もあつた。貸金の催促に行つて、ニベもなく追いかえされたような、沈んだ遣瀬ない面持ちで、おゐんが杵屋の玄関格子をあけ、しよんぼり、出たこともあつた。

前々の如く、私と摺れ違う場合は、内輪な会釈をして通り過ぎ、ひと頃の、思い詰めたような眼差は向けてこなかつた。

私にしても、殊勝に、彼女ひとりを思つているような男でなく、五十の声きいて、半分ひびの入つたような体も、生身の出来であつてみれば、そちこちの女に、もの欲しげな眼を向けたがり、われながら収拾つかないようなていたらくであつた。そんな私の、足許を読み抜いてか、ある晩など、梅の白い神社の前の通りで、遠くから私をみとめたおゐんが、まつすぐ前方を向いてき、近寄つても、知らん振りの、二人の肩と肩とがすれすれになるほどの近くを、つんと通り抜けて行くのであつた。反射的に、私は硬直するだけのようであつた。

もじりに、白足袋の勘九郎がそそくさと、杉戸の門をくぐり、彼女を尋ねるうしろ姿も一度ならず、私の眼に這入つていた。

三月始めにしては、のぼせる位、生暑い宵のことである、

焼けあとに、でこぼこの屋並ながら、どうにかふたがわつながつた、店屋、料理屋、レコード屋、三味線屋等の並ぶ、宮小路の通りをぶらぶら歩いてきて、割竹の青垣で目隠した杵屋の前を過ぎ、二三歩すると、左手の通りから勘九郎をまん中にしておゐんと女房が、並んでやつてくるのをみかけた。咄嗟に私は横飛びとなり、しやれたきれ地を飾る、呉服屋のショウ・ウィンドウのガラスに、禿げ上つた額を押しつけるようにし、横眼づかい三人の様子をうかがつていた。

私と反対側に、立ち止まつた人数は、勘九郎が、先きに、尋常な別れの挨拶を述べ、軽く腰を折り、これにおゐんは少し上体を曲げて答えた。続いて、女房とおゐんが一緒に、口と体で

挨拶して、終ると背の高い勘九郎に、背の低い女房は、並んで家の方へ歩き出し、ニヤニヤした顔と顔を向けあつていた。

夫婦の、背中に注がれていたおゑんの眼が、ひきつけるように曇り出し、そうしているのも耐えがたく、体の向きをかえかけたところで、呉服屋の飾窓に、しがみつくようにしている、紺のジャンパー、コール天のズボンを穿いた男に、気がついたらしかつた。それと一緒に、彼女の眼頭は余計戸惑つてしまい、鼻すじの通つた大きな顔を、へし折られたようにうつ向かせ、常にない小刻みな裾捌きで、右手に曲る、暗い三尺路地へ消えて行つた。暫く、その場に呆然といつた恰好で、私は女の足の向いた方角を、見送るのみであつた。

桜が、そろそろ咲こうというこの頃、ぱつたりおゑんを往来でみなくなつた。双親に似て、眼が大きいばかりで、顔の色艶も日蔭の植物じみて生気のない娘がひとりきり、浮かない足どりで歩いているところを、二三度みるだけであつた。彼女は、母親が指にダイヤをひけらかし、阪東なにがしを振つたの何んのと、やいやい騒がれた時分と、そう違わない年恰好でありながら、終戦この方背たけの伸びがとまつたような小さい子であつた。その子を、使いに出し節穴だらけな塀に囲まれた家の中でおゑんは、どうしているのであろう――

日曜画家

小屋住いの私宛郵便物は、すべて弟の家へ届くようになつていた。日に一二回、脚を運んだり、電話をよそからかけ、問い糺したりしているような塩梅である。

その日も、正午過ぎ、カマボコ屋、漁師、魚の仲買商等、廂をつらねる海岸通りの弟の家へ廻り、たたきになつている店先から、上りはな近くへはいつて行つた。

「誰かいないか」

と、私は高ッぴしやな大きな声であつた。

帳面、電話器、黒板等、並んだりぶら下つたりしている店の四畳半に続く、簞笥、茶簞笥、ラジオ等置かれた茶の間の向う側の台所から、白い前掛けで、手をふきふき、弟の女房、糸が出てきた。上背のある、痩せた体に、青つぽいゆかたを着、日頃になく顔におしろい塗つていた。そんな手前を、多少はじらい気味な四十女が、伏目がちに店と茶の間の境目まできたところで、

「きてなかつたか」

と、ぶつきら棒な私のもの謂いである。

「ええ、何も」

と、糸は心持ち尖つている口元で答えながら、上りはなまで寄つてきて、ペラペラしたジャンバー、赤くなつたズボン、相変らずチビた杉の安下駄穿く、私の足先まで、ちらりと眼をくばつたりした。常々、やもめ男に何んとやら、私の身なりのかまわなさが気になつているらしい彼女でいて、別段それと口にのぼせず、ほころびひとつ縫おうと切り出したためしもなかつた。そんな女の前では、私も亦無理な背のびを示しがちであつた。

「この絵はどうしたんだ」

と、私は上りはなの格子に、立てかけてある、二枚の油絵を指した。水さしをまん中に林檎が四つ五つころがつている八号の静物に、蜜柑畑ごし三角形の山などみえる十号の風景である。いずれも、今年数え年十七歳になる、弟の長男の筆で、風景画の方は、この正月から、私の小屋のはめへ、額縁なしのまま、かけられていたものであり、つい二三日前、私の留守、弟の長女が、外して持ち出したばかりであつた。

「展覧会へ、出すとか、そう云つていたけど」

「ほう、この二点、出品するのか」

と、私はカンバスへ手をかけ、改めて蜜柑畑の絵をはすかいにし、暫し、眺め入つたりした。

実をもぎ終つた蜜柑の木が、稚拙な荒いタッチで、どこか瑞々しく描かれているようであつた。

「一つでも通ればいいがなア――」

と、私は半分笑いながら、糸の白く塗つた細面の顔を見上げた。彼女も、くすぐつたそうな眼もとみせつつ、それでも息子の初出品が気がかり、と云うみたいであつた。

小田原に、ここ数年、年に一回、市の主催で『市展』と称する展覧会が、中央公民館で開かれていた。油絵、彫刻、写真、小学生のクレパスに至るまで並び、審査員は地方都市らしく、写真部のそれを別とすると、大概学校の教師、郵便局員、洋服のメーカー、箱根細工の職人等々といつた、別に職業をもつていて、傍ら油絵かいたり、彫刻つくつたりの、所謂『日曜画家』の面々で、東京の公設或は団体の公募展に出品して、入選したり落選したりと云つた工合の連中でもあつた。

弟の家を出、カマボコ屋の、異臭放つ店先へかかると、向うから甥の昭夫が、錆ついた自転車へ乗つてやつてくるところであつた。目ざとく、こつちの顔つき読んで、彼はひらりと降り、私の鼻先に立つた。十七歳の少年は、五十三歳の私より、二三寸上廻る身の丈けで、黒い髪を油で光らせ、ちやんと分けており、父親にそつくりな高い鼻すじ、母親うつしの切れの長い黒眼の澄んだ眼もと等、先ず整つた顔の造作で、雙親に似ないエラのはり方がやや眼ざわりのようであつた。

「店にあつたアレを出すのか」

私は、好伯父さんという、相好の崩し方に違いなかつた。

「いいえ、アレでなく、美校を出たひとに見て貰つていいと云われた、うちの裏を描いたのと、山王の川を描いたのと二つ、今公民館へ持つて行つてきました」

「そうか」

昭夫の出品した分の二枚も、かねて私はみていた。

「うまく通ればいいな」

「出して呉れると思つているんだけど」

と、眉のつけ根を寄せるふうである。昭夫も、始めての経験とて、一寸気が重そうであつた。『市展』の審査員の一人には、彼が毎週木曜日、その自宅に赴き、絵の批評を乞うたり、デッサンの指導して貰つている、私立高校の教師がおり、その方面からの指金も手伝つた上での応募でもあるらしい。

簡単な立ち話で、二人は別れた。

昭夫は、小学校の始め時分から、絵が好きであり、また上手であつた。彼の描いたクレヨン画が、学校の廊下に展示されてあるのを、私も一度みに行つた覚えがあつた。外の学科は、中位な出来らしかつたが、絵ではずつとクラスの花形として持てはやされたようであつた。新制中学へ進んでからも、学校の評判になり、受持ち教師が自宅訪問のみぎり、絵をどこかへ習いにやっているのではないか、と糺したりしたそうである。当時、彼は別にそんな手数までかけて、描いている訳でもなかつた。

弟の次女、姪の雪枝は、今年小学三年になつたが、彼女もクレパスがうまかつた。生徒の作品の見本として、よく廊下へはり出されたり何かしているらしい。近頃は、兄の行つている私立高校の絵の先生のところへ、日を違えて、習いに行き始めた。新制中学の三年生になつた、長女の勝子は、絵の方も、学科もこれといつた取柄がないようであつた。

彼等の父親、即ち弟もまた子供時分、絵が好きで、よくかいていた。しまいまでクレヨン一式であつたが、図画の点は何時も「甲」であつた。既に東京へ出て、向うみずな売文生活にあえぎ出していた私は、小学六年を終る少し前の弟と二人、上野の展覧会へ行つたことがあり、その折彼の口から出る、絵の批評とも感想ともつかぬもの謂いの鋭さに驚いた記憶があつた。ざつと三十年後の今日になつてみれば、冷汗ものでもあるが、小学校を卒業したら、高等科へは上げず、下げて、そのまま膝下で親のあと目つぐ魚屋に仕込むつもりの両親の許へ、東京から二度ほど口説に行つたことがあつた。絵の好きな弟を、絵かきにしろ、と私は云うのである。幸い、中学は町にあることだし、弟をそこへ上げ、卒業後は東京へ出してやり、希望通り絵の勉強に従わせる。親が仕送り出来なければ、本人の心一つで苦学ということもあり、東京にいる自分始め、出来るだけのことをするから等口はばつたい文句並べ、長男が家を飛び出したその身代り同然、弟を小売商人として終らせるに忍びなく、私は熱弁これつとめたのであつた。ところが、二度までの私の云い分も、親共には一向とり上げられるところがなかつた。父は、四十歳を出たばかりのとし頃であつたが、長男のみならず、二人よりない子供の、もう一人まで魚屋のあとを嗣がないとあつては、多年出入りしている得意先（箱根の温泉旅館の二三）の手前、商売がしにくくなるなどと意気地ないことまでもらし、母は母で私の口上をみなまできかない先、お前という者は、親を捨て、兄弟を捨て、勝手に東京へ飛び出して行つただけでは足りず、魚屋になる気でいる弟まで、そそのかしにきたのかと見当違いな難癖つけ、ヒステリー起したりするような騒ぎであつた。まるで、めくらに杖と云つた形のものになつている弟を、両親の思惑外の方角へ向けるに由なく、私はそのことを断念し、すごすご東京の下宿へ引き揚げていた。その後、いよいよ小学を卒えて、夜間の教室が一つよりない私塾へ行き、昼間は父につれられて温泉場へ通い始めた弟からの手紙には、それまで「僕」とあつたところが、「私」と変つたりしたようであつた。

親の商売ついで、彼は女房を貰い、三児を持ち、亡父の代より幾分懐都合のいい小商人として、今日四十三歳を迎えているが、魚市場へ毎朝出かけたり、温泉旅館の台所口へ荷をおろすようなことを稼業とするようになつて以来、あれほど好きだつた絵から、ぱつたり離れるともなく離れて、近頃は東京の公設展覧会へ出かけることすら、忘れてしまつたようである。年賀状に、自製の木版画を捺して出す、そんな手すさびあたりにしか、幼・少年時代の彼が残らなかつた。

昨年のことである。

例の郵便物をみに、私は弟の店先へはいつて行つた。家の中はひつそりしており、ガラス格子ごし、机や電話器の並ぶ反対側の場所で、炬燵にあたつている、弟夫婦がみえるだけであつた。

「兄さん、上らないか」

弟の言葉に、私は下駄をぬぎ、オーバー着たなり、炬燵の近くへ、寄つて行つた。火の気の置いてない小屋に住まつている私は、しるこ屋の火鉢や、パチンコ屋のストーヴにかじりついて、寒さをしのぐみじめな癖がついていた。

亡母に似て、色が白く、二十貫近くふとつていて、小男の私などより、ひとまわりもふたまわりもがかいのある弟は、スェーター、チョッキ、ジャンバーと丸々着ぶくれており、糸の方は病身らしい顔色のよくない細面を、余計しぼませ、綿入れの黒つぽい半纒ひつかけ、蒲団の下へ両手をさしこみ、背中が丸くなつていた。

「やらないかね」

と、細い眼を神経質に光らせながら、弟は『ピース』の青い箱を、私の鼻先に突き出した。

「持つてるよ」

と、私はこだわり加減、自分のポケットの『光』をさぐる手つきである。

「まあ」

と、弟は、私のそれと生写しの、尖り気味な口先を歪めた。

「じゃ」

と、折れ、青い箱から、一本ひき抜いてみせた。子なしの私は、一番濃い血のつながりにある彼を、決して愛していない筈などないのであるが、なぜか彼の前では、気軽にうち解けた口がきけず、ふだん用事以外のことは、殆んど話し合つていなかつた。

兄弟が、揃つて、炬燵に足を入れる、珍しい光景に、糸は戸惑つたような、ものおじしたような、落ちつかない、眼つきである。

「昭夫のことだがね」

と、弟は、体をみしみし、うしろの襖に持たせかけるようにして切り出した。

「昭夫も、すぐ卒業だな」

煙草を喫う私の口始め、自然重くなつて行つた。

「俺は、昭夫をのばしてやりたいと思つて、ね」

と、弟は両腕を組んだ。言葉の意味は、まつすぐ私の胸に届くようであつた。弟自身みそこねた夢を、その子に託そうという親心は、聞手の襟を正させるものがあつた。

「昭夫もバカに絵が好きらしいな。卒業したら、高等学校へ上げて、それから上野の美術学校へでも通わせるか。絵かきになる普通の順序だが、な」

「うん。そうしてやりたいと思つているよ。ものになるかならないか別として、好きな道を、どこまでもやらしてやりたい」

「お前も、子供の時分は、絵が好きだつたが」

と、私は、思い入れまじり、両親もまだ達者だつた、遠い過去を描くようであつた。

「昭夫は、魚屋でいい、と云つてるんだけど」

と、横から、糸が細い頸すじを起すようにした。

「まだ、慾がないからだ」

と、弟は、頭から、女房の口出しを、封ずるふうである。

「昭夫を絵かきにするのはいいが、なんだな、昭夫は勘当でもしたと思つて、あてにしてはいけないな。親として、出来るだけのことはしてやつても、昭夫をあてにしてはいけない」

「勝子に、婿を貰つて、商売をつがせたらいいと思つている」

「成る程。勝子に婿をとらせて、ね」

「婿にきてはいくらもあるよ」

と、糸も、話に乗気とみせた。長男を、自由に好きな道へ進ませ、親譲りの生業は、別の者に嗣がせる、一応筋の通つた膳立であつた。

「が、絵かきも一人前になるのは大変らしい。素質と運が、うまく行つた上でないと、いけないらしい。――上野の美術学校に、師範科というのがあるな。そこを出ると、中学や高校の先生になる資格が貰える。それだと、食いはぐれる心配はないが」

と、いい、私が昭夫を間違いのない師範科へ入れるか、などと口に出しかけたら、

「絵の先生になるのかね」

と、弟は渋つた面持ちし、不承知のようであつた。食えても、食えなくても、ひとすじに絵かきの道を行かせたいと云う、思い詰めたような眼色をみせるのである。わが子に、熱した夢を描いているらしかつた。

「絵だけで生きて行くのもむずかしいが、絵かきになるまでが大変だな。学校に通わせるかかりは外と大して違わなくても、絵具だ、カンバスだ、何んだかだと、勉強の材料に随分金がかかるし、そういうものに不自由するようでは、ろくな絵が描ける訳がない。天才なら別だが、な」

と、段々、私は話に水をさすような口裏になるのである。

「貧乏人で、子供を絵かきに、殊に買い手のつきにくい油絵かきに仕立て上るのは骨が折れることだ」

と、駄目をおし始めたところで、弟の四十面は、鉛をのんだ如くきしみ出し、腕組みしたまま前へのめり加減になる。このことばかりはと、頸を横に振り続ける両親の前で、二度も弟を好きな道へ、と口説いたあの頃の私は、まだ二十三四の若さであつた。既に五十の坂を越え、白髪のふえた今日、わが半生はこれを是非なしとしていたが、孫子の代まで文学などやらせるものではないと、そんなつながりのない身でいて、そんなに観念している私であつた。やはり平凡な世渡り、それにまさる処世の法はないと承知しているようであつた。

「洋画の方では、パリーへ行つて、四五年勉強してこないといけないことにもなつているらしいな」

「パリーへ行つて、ね」

と、弟は、うめくような、受太刀である。外国まで行つての絵画修業云々は、小商人の彼にとり止めのひと刺しに近かつた。

「本人にも、お前なんかにも、一生の大事だからな。――よくよく、考えてみるんだな」

「あ、ありがとう」

「子供は、みんないないの」

「三人一緒に、映画みに行つてるよ」

炬燵から出、私は重い腰を上げていた。

その後、一二度、弟が「パリーまで――」などと、紕すところがあつた。私の口にした、石橋をたたくていの発言は、昭夫の運命を左右する結果となつたようであつた。

中学を卒業後、父親が昔私塾へ行つたように、昭夫は余り気の進まなかつた、夜間の商業学校へ通学した。工場で働いている少年、事務所・商店へ勤めている少女、いずれも昼間の疲れを教室へ持ちこみつつ、けなげに勉強する子供達であつた。その仲間と馴れるにつれ、昭夫もうちでぼんやりしているより面白い、と云つてみせたりした。

小学校の始めから親しんだクレパスを捨て、今度は油絵を始めるようになつた。自家の二階の三畳を、アトリエがわりに、静物を描いたり、絵具箱や三脚をかかえて近くの山へ行き、気に入つたところで、画架をたてたりした。糸始め、せびられるまま、絵具代など気前よく与え、贅沢な額縁まであてがうふうであつた。私が、偶然、神社の境内を通り抜けようとしたら、鳥居の倒れている近くへ腰をおろし、一心に社を描いている昭夫をみかけたことがあつた。絵具箱にさしこんだスケッチ板で、彼は空の色工合など、私にはかつたりした。体もとしになく大柄なように、ませた、大人ッぽい口のきき方をし、なんとなく孤独な影さす子であつた。暫く、私は、その近ぺんから、離れ得ないでいた。

昨年の秋のことであつた。一日、箱根の紅葉をみて廻ろうと、小田原駅から銀色のバスへ乗りこみ、車が宮の下の部落を通り過ぎ、蛇骨川の渓谷へかかろうとしたあたり、何気なく窓ガラスに額を押しつけている私の眼に、昭夫がうつつた。白いワイシャツに紺のズボン、ゴム長穿いて、頭髪の長い頭に茶色の登山帽のせ、前とうしろへ、二箱づつ魚の詰つた箱を担いで、すたすた急ぎ脚である。荷を、さも重たげに、天秤棒肩にする頸すじが、天秤棒の方へへし曲り、長身をくの字なり前のめりにした甚だ覚束ない恰好であつた。車の中から、先方に気づかれぬよう、息を殺して、私はみていた。バスは、またたく間に、彼を追い越して行つた。私も体ののび盛りな十六歳から二十一歳まで、殆んど毎日ほど、魚担いで宮の下まで登つた者であつた。

三畳のアトリエの壁や欄間には、静物、風景、次女の雪枝の半身像まで、ぶら下つたり、とりつけられたりして行つた。絵の好きな私は、弟の家の階段を上り、昭夫のいない時でも、三畳をのぞきに行くことがあつた。今年の正月末、一週間がかりで出来上つたとある、蜜柑畑の十号が、殊の外気に入るところとなり、金銭に細かい私にしては珍しく、絵具代にしろと、テレて逃げる昭夫に千円握らせ、その絵を小屋へ持ち込んでいた。西側のトタンのハメへ、額縁なしではすかいに掛け、間々真冬のそれとは思えない、青々とした常緑木の繁みに眺めいるようであつた。

郵便物問い合わせのため、よく借りる駅前の本屋から、電話をかけると、糸が出て、手紙もハガキもきていず、昭夫はと云うと、箱根へ行つてまだ戻らない由である。その日は『市展』が、明日に開催される筈であつた。

本屋を出て、バス、トラック、ハイヤーの騒々しい、電車通りの片側をやつてき、土地の建物のうちで、殊に目立つている警察署・郵便局の前を通り、『だるま』という大きな食堂も過ぎて、街角にあたる銀行の近くへかかると、反対側のカマボコ型したアメリカ図書館の方角から、私に声がかかつた。

「始まりますからみにきて下さい」

と、透りのいい声でいて、一寸聞きとりにくい、ためらい気味な挨拶である。そういう人はS君で、青いワイシャツに、日焼けしたよれよれのズボン、ひびのいつたような短靴穿き、油ッ気なしのぼろぼろとした髪の毛、眼鏡かけた長目の顔が、赫黒くしよぼついていた。同君も、『市展』の審査員の一人で、担当は彫刻部であつた。戦争前は、兎や軍鶏等の木彫一式で結構生活出来、帝国美術院の院友という肩書つきでもあつたが、戦後は作品の進歩も、売行きもはかばかしくなくなり、女房に二人の子供をかかえた世帯がはりかねて、四五年前から近在の小学校に奉職し、段々彫刻の方は余技のような趣きのものに変つて行つた。同君の場合とは、一寸逆なまわり合わせになつているみたいな私の方を、まばゆそうにみて、こつちも頭をひとつ下げたなり、電車通りの両側で二人はすぐ摺れ違つた。

目と鼻の、中央公民館の入口には『市展』の看板が出ていた。その気もなし、私は電車通りを横切り、小砂利を敷き詰めたところへはいり、化粧煉瓦の屋根に、コンクリート塗りの、みかけだけはハイカラな建物に近づいて行つた。

中へ足を入れると、ふだんは椅子のいつぱい並んでいる場所が、布はつたもので、幾箇処にも仕切られており、入口近くには、ちやんと額にはまつた油絵が一列に飾られてあつた。そこらを掃いている人夫の間をくぐり抜け、私は突き当りの第一室へ、つかつか足を入れた。

と、正面に当る壁面の隅へかけられた昭夫の絵が、すぐ眼についていた。路地の両側に家の並ぶ十号、小川に鉄骨の橋の架つている八号の二点である。一つは、金箔も真新しい額縁にものものしく納まり、一つはカンバスが飛び出してしまいそうに大きい、石膏のはげたところもあるがたがたの額縁つきであつた。私は、早速相好崩し、二つの画面に吸いつくような眼差しで眺めたり、また三四歩あとじさりして、見入つたりした。両方共、彼のアトリエで、かねて馴染の絵であつたが、場所の違つたところでみても、見劣りしないどころか、いよいよ精彩あるものと受取られるようであつた。私情の曇りを払うように、昭夫の作品の左隣りにある、審査員の一人で、高校の図画教師のバラや港の絵、右隣りにある応募画の林檎や冬山の絵、その他とりどりの画をたしかめたりした揚句、見直してみても、やはり昭夫のそれは中々ひけをとらないふうである。出来の悪くない、初心者の写生画のみ、と突ッ放しきれない、何かまともな迫力があるようであつた。

たいへん感動した面ていで、二つの油絵の前へ立つている裡、絵の下についている、画題と姓名記した紙片が、あべこべになつているのに気がついた。昭夫が毎週木曜日に絵を見て貰いになど出かけている審査員あたりの智恵を借りてつけたものと覚しい『五月の午後』を、小川の絵から外して、路地風景の下へもつてき、ピンでとめ、片一方の分も同様とりかえたりした。ひとにみられてはまずいと、うしろ振り向き、大急ぎであつたが、うまいこと誰の目にもつかない様子であつた。

これでよし、と私は絵の前から、一歩退き、日を改めてまた出直すべく、暗くなりかけた会場をあとに出て行こうとしたら、入口の右手にあたつて、がやがやと人の声である。仕切りでない、文字通り白い壁の表面に、ねずみ色の大きな台紙をたらしたところへ、花でも撒いたように、ひと目で小学児童の描いたそれと読める、原色の生々しいクレパス画が、飾られており、その前に十数人が押すな押すなというように立ちはだかり、口々に何かしきりにものをいつている。髪をいつも綺麗にしている郵便局員、キザな眼鏡をかけた洋服のメーカー、大きな図体している共産党小田原地区委員、しるし半纏ようなものを着ている箱根細工の職人、派手な弁慶縞のワイシャツを着た昭夫の絵の先生等々、すべて絵画部審査員の面々で、弟の場合はあっけなく中絶したが、昭夫の方は根気よくつづけ、世も無事に過ぎて行つて、十年後には、その仲間入りするかと思われる『日曜画家』連が、児童画の優秀作品を選び出すのに大童という有様である。

その人達に、気ずかれては、と、私は五尺ちよつとしかない体を、いつ層縮めるようにし、がやがやとかまびすしいひと声あとに、こつそり公民館を出、前の広場の小砂利を踏んだ。

その脚で、まつすぐ、海岸通りの弟の家までやつてき、店の上りはなから、弾みのついたような大きな声を出すと、茶の間の隅で、下腹部の手術後、はつきりしない体を、横にしていたらしい糸が、ゆかたの裾など直しながら出てきた。

「昭夫はいないのか」

「まだ、山から帰つていないよ」

と、電話できいたことを又云い出す私の顔を、いぶかし気にみたりした。

「帰つていないのか。――あのな、昭夫の絵が二つ、展覧会へ出ていた。立派に出ていた」

「もう、みてきたの」

「うん。ちやんと飾つてあつたぞ。今、みてきた」

「両方共、ね」

「二つ出ていた。昭夫が帰つたらすぐ知らしてやれ。あれも心配してるだろう。——よかつたとな。よかつたとな」

私は、愚にかえつたみたい、半分泣きッ面であつた。

木彫の亀

青春記

私は青春の歓喜に胸板をたたいたような覚えなど、一度もなかつた。色の褪めた、はなはだ景気のよくない青春を余儀なくされたようであつた。が、私にも、ひと並に若い時はあることはあつたわけである。

数え年、二十四から二十八まで、ざつと五年間、下戸塚の法栄館という下宿屋にいた。最初の一カ年は、満足に三食つき三十円也の下宿料が払えたが、二年目になると、それがとどこおりがちとなり、四年目あたりには、メシが止まる模様となり、最後のとしの暮れ、ほとんど身一つで、こつそり下宿から姿をくらますというていたらくであつた。

セチ辛い今日からみれば、それでも夢のような話で、一カ年だけ払いをした下宿に、都合五年間、とに角居座ることが出来たのである。私の図々しさもさることながら、法栄館も寛大であつた。

電通特信部の仕事、少年少女小説から、文芸講演の要約原稿その他せつせと書いて、最初の一年は、相当の収益あり、カフエへ出かけて、のみ且つ女給と親しむようなまねも出来、下宿代に心配するような向きはさらさらなかつた。そのとしの末に、女給との交渉を書いた短編が秋声先生の紹介で、当時菊池寛氏のやつていた翌年の「新小説」に出、幸か不幸か、宇野浩二さん始め、一部の人に好評をうけたのが、そもそも私に宿命のような工合になつてしまつた貧乏の始まりであつた。

処女作の意外な反響に、二十五歳の青年は気をよくし、定収入のようなものであつた電通の仕事を、学資難にあえいでいた友人へゆずつたばかりでなく、子供向きの筆記原稿一切ほうてきして、今後は私小説一本で行こうと、健気とも無謀とも何んとも言いようのない決心をした。ここらへんが、多少共青春ならでは、と読める所以のものであろうか。

当人の思惑に反し、小説の売れ方は、至つてかんばしくなかつた。「新潮」をやつていた中村武羅夫さんなど、持ち込むと、毎年二つ位出してくれたが、外にはそんなひいきすじも見当らず、勢い下宿屋へ迷惑をかける仕儀になつて行つた。毎月程、下宿代はかさむ一方で、たまに百円位の稿料がはいると、そつくり左から右へ下宿に差出しかね、ある時などはねこばばきめ込み、まだ慶応文科の学生だつた、同郷の友人北原武夫君をさそい、浅草で落語をきいたり、暗くなるとわざわざ川口町まで出向いて、そこの淫売宿で一夜をあかしたりした。

北原君は別に異常なかつたが、下宿屋へ不義理した罰当つてか、私は生れて始めての病気を、相方の女から頂だいするという、ひどい目にあつていた。入れる分より、借りの分が段々上まわり、法栄館では、とうとうメシをとめ、こつちは十銭のカレー・ライス一杯食いに出たきり、終日床の中にもぐつているような工合にもなつたりしたが、貧血状態の話は止めにしよう。

法栄館の近くの、ひと揺りすれば、ぺちやんこになりそうな古ぼけた下宿屋に「ダダイスト新吉の詩集」を上梓して、初上京してきたばかりの高橋君が、これも栄養の十分まわつていそうにない青い顔して、たむろしていた。

高等学院の前をぬけ、野球場の方へ出る広い坂道の中途に、ドメニカという喫茶店があり、そこへコーヒーのみにちよいちよい足を運んだが、その店には「街」「光線」「主潮」「鷲の巣」等々数々の同人雑誌のポスターが、入れかわり立ちかわり、貼られていた。いずれも青春の夢こめた早稲田文士初陣の旗じるしであつた。

ドメニカでは五分がりの坊主頭に、いつも紺絣姿の尾崎一雄君、高等学院の生徒で、黄色い、鳥のような声していた丹羽文雄君、長髪でいやに煙草をぱくぱくさせていた火野葦平君、貴族的な青年紳士だつた田畑修一郎君、角帽をかぶつていたことのない寺崎浩君、ラファエルの自画像そつくりだつた門田穣君、その他の連中と初対面のあいさつした。

昭和四五年、プロレタリア文学が、怒濤の如く文壇を席捲するに及び、私は全く書けも売れもしなくなつて、二度目の下宿にもおられず、小田原まで逃げて行つたが、初陣の面々も、学校を出たり、出なかつたりして、多くは一時都落ちしたようであつた。

抹香町もの

代表作といつたふうなものは、たいがい世間の方できめてくれるらしい。さしずめ私の場合、代表作はその意味合いから「抹香町」ものとなつているようである。はじめに「抹香町」という短編集、続いて同名の新書判が上梓され、どちらも出版元へ損かけず済んだようであった。昭和二十五年、秋声先生の四男徳田雅彦君から、何か書けとすすめられた。当時、同君は別冊文芸春秋の編集長をしていた。出来上がつた三十枚ばかりのを送つてみると、雅彦君からすぐ手紙がき、作品は結構だが、題名を何んとかかえないか、「余滴」では、どうもあまり気がないみたいで、うんぬんとあつた。そこで、小田原から別のを言つてやつた。が、それも同君の気に入らず「抹香町」としたらどうか、と問合わせて来た。これに私は一も二もなく賛成し、その旨返事していた。

雅彦君を名付け親にした作品は、意外な位の反響をよび、それから昨年まで私は毎年短編ばかりだが十編以上、あるいは二十編近くになる、かつてない多作振りを発揮する仕儀であつた。

竹七、参六等を名乗る小屋住いの五十男と夜ごと肉体を切売りする娼婦との、しがない接触をつゞつた「抹香町」ものも、毎年欠かしたためしなく、その間「鳳仙花」というのがわけても好評を得たようであつた。今年も一つ出来上がつており、近々活字にされるはずである。「抹香町」から始まつて足掛け七年間、同趣向のものをめんめんと書き続けてきたわけであつた。相手変れど、主変らずで、主人公は同一人でも先方の娼婦は数人におよんでい、現在あの赤色地帯からいなくなつている人数の方が多いようであつた。

短編集を出そう、と言う話があつた折「抹香町」ものの中で、比較的気に入つているのと、ほかに別な題材を扱つたのとを一緒にし出してもらつた。新書判には新しく出来ていたのをたし、「抹香町」ものばかりと言う塩梅式であつた。はじめの本が出たあと、出版社の人から聞いたのであるが、舟橋聖一氏が同社の社長の前で、私のことを持出してくれたのがきつかけとなり「抹香町」のみならず、追つかけ「伊豆の街道」都合二冊、同社は出版してみる気になつた由であつた。舟橋氏とは、同氏が金ボタン時代一緒に同人雑誌へ顔をつらねかけたこともあり、同じ秋声門下と言う点でも満更縁のない人ではなかつたが、それほどまで氏が私の書くものを買つていてくれようとは、実に意外と言うより言葉がないくらいで今日でもこの実感にさして変りがないようである。

が、さて、私の一枚看板が「抹香町」ものでは、納まらぬ気がしないでもない。いずれ目の黒いうち、自他に誇れる真の代表作を、と、もくろんではいるものの、果してこの悲願実を結ぶかどうか。また、いろいろな角度から、このところ「私小説」一般に風当りがよくないようであるが、私としては三十余年歩いてきた細い路を、今後共こつこつ行くしかないのであつた。

余談になるが、先日久方ぶり、宇野浩二さんを囲む「日曜会」があり、その席上で、二三の作家から（酒もまわり座のふんいきも相当荒つぽくなつたころであつたが）例の石原慎太郎なんかが、文壇に登場してきた責任が、私にあるといつた、詰問じみた難題が飛び出してきた。酔余の誇張としても、こつちはちよつとあいた口がふさがらず、返答に窮してしまつた。いくら「抹香町」もののような、あけすけな小説書いてきた人間だからと言つて、そんな責の一端が私にあるとは、今もつて合点が行かないのであつた。

私小説の今昔

葛西善蔵晩年の夢は「故郷に帰り、リンゴ園の中へ小屋を建て、妻子と一緒に暮しながら、文学に精進したい」と、いうことであつた。葛西の弟子の嘉村礒多は、やはり帰国して、××峠へ小屋を造り、そこに家族と住んで、文学にうんぬんと書いていた。二人ともとつて置きの夢が実現できず、東京で他界してしまつた。

彼等の希望をうけついだわけではなく、偶然の一致とみるよりほかないのだが、私は二十年近くも、海岸の物置小屋で暮している。ただし、物故二氏と異り、妻も子もなしであつた。その点、より徹底しているはずであつたが——

葛西善蔵は、晩年まで、原稿を持ち歩いたようである。某新聞社の学芸部記者と私が面談中、こつちと同様な用件で現れた氏とぶつかり、気の毒なくらい、氏が面食らつた様子を、二十数年後の今日でもありありと憶えている。

嘉村は、小説が売れだしてからも、ずつと中村武羅夫の別宅の玄関子の役をし、妻女は仕立てものの内職を続けていた。文名一世に高まったころでも、氏は年収五、六百円の原稿料しか、懐にしなかったらしい。それだけの収入では、当時といえども、ちゃんと一軒の世帯を構えるには無理な話であった。

ことほど左様に、私小説家として、いまにすたりのない両氏も、在世中ははなはだ金銭に縁が薄かった。食うものもタラ腹食わず、文学ひと筋に生き抜いたわけである。それと今日の私小説家のあり方と比べてみると、物質面では隔世の観ありといっても、大した誇張ではなさそうである。

葛西、嘉村の私小説には、いま流行の中間小説に通ずるものが、ミジンもない。「小説新潮」あたりに、氏らの作品が大手を振って登場することは、ちよっと想像出来ない。全然、読者の思惑を顧慮せず、妥協抜き、生一本の私小説であった。「群像」八月号の座談会で、平野謙も「いまは葛西善蔵のような作家は絶対に生存出来なくなっている」といい切っている。中間小説なるものが、圧倒的な威力を発揮しつつある今日の文壇では、ああいう純粋私小説家は存在する余地がないとみているのであった。

もとより同感である。平野氏はつづいて「川崎長太郎でも葛西善蔵とは違いますよ」と述べている。違うといわれた当人は、葛西より、まだ中間小説的要素を含む私小説の書き手であり、だから存在し得るのだ、というわけであろう。

処女作を「新小説」誌上に発表したのは、私が数えどし二十五の時であるが、小説でどうにか食えるようになつたのは、四十五からこつち、終戦後のことであつた。物置小屋に住みつくようになつたのも、夢や何かしやれた理由あつての仕儀でなく、ここより身を置く場所がなくなつてしまつた結果にほかならない。が、葛西、嘉村両氏の晩年の望みだつた「小屋」に、妻子もなく隠棲する形を長年とりながら、書くものが、いまの文壇に多少とも迎えられている所以は、氏らのそれに比べ、より妥協的であり、読みもの的であり、つまり中途半端な私小説でしかないからであるとは、私自身何か割り切れぬ思いである。

「赤と黒」のこと

民衆詩人福田正夫氏が、当時小田原に在住し、近くの石橋村小学校の訓導をしていた。氏の許へ、その時分、頭髪を長くのばす魚屋だつた私は、屢々《しばしば》出入して、福田さんからいろいろと文学談をきいたりしている裡、氏を中心にして「民衆」という詩雑誌が出る運びになり、私も同人の末席けがし、拙ない民衆詩もどきを発表した。が「民衆」は五六号で、廃刊されてしまつた。

その後、当時大杉栄と並んで、名声旺んだつた加藤一夫氏が、小田原在に転居してこられ、そこへ私も出入りするようになり、忽ち氏のアナーキーな思想にかぶれ、魚屋として出入りすることを、得意先の旅館から、ことわられるような羽目になつたりした。加藤氏に、夫人問題でゴタゴタが起こり、氏は大正十一年の秋口、東京・高田馬場駅近くへ、移つて行かれた。その氏に喰つついて、一二ヵ月玄関番のようなことをしていた私は、目と鼻にあつた静養館と云う下宿へ越して行つたが、その月から、下宿代が満足に払えないという有様であつた。

加藤氏は、東京へ出る早々、津田光造・佐野袈裟美《けさみ》氏等と「熱風」をやり始めた。同誌は、当時売り出した「種蒔く人」の向うを張つた、一方がボリシェビイキ風なのに、こつちはアナ的モップ的なところを、旗幟にしたもので、これは私は雑文等出して貰つた。「熱風」の創刊号だつたか、二号だつたか、私には初耳な、岡本潤なる名前の男の、題名も内容も今日ではすつかり忘れてしまつたが、二枚ばかりの詩が目に止まり、津田氏宅の同人会で、始めてその男の顔を見知つた。たつぷりした長髪の、ロイド眼鏡をかけ、眼鼻だちひと際秀でた青年であつた。

それから、四五日して、日本橋際にあつた大倉書店に、同君を訪ねた。彼は、月給三四十円貰い、そこから発行されている、辞書の編纂の下廻りみたいな仕事をしていたのである。岡本が二十三、私も同いどしで、吾々若い者だけで、ひとつ詩の雑誌をやりたいが、と来意告げると、彼は即座に乗り気を示し、萩原恭次郎を入れようと云つた。萩原は、京橋にあつた飛行少年社に勤め、少年雑誌の編集をやつていた。岡本と二人して、私には初対面の萩原を訪ねた。これも長髪で、ロイド眼鏡かけ、青い顔して、眼がいやに光り、笑うと金歯が愛嬌添えたりする、どこか病的な感じの人物であつた。萩原は、二人の誘いにすぐ同意すると一緒に、壺井繁治もと、推挙した。壺井は、早大中退後、その頃田山花袋全集の校正係をしてい、一二度薄つぺらな詩の個人雑誌を出していた。私は、その人間も、詩作もみていなかつたが、もとより異議なく、たつた四人で始める段取になつた。

私以外は、月給とっていたが、もとより薄給、岡本などは既に女房子持ちであった。又その詩や文章で、銭とることも覚束ない状態にあり、私として加藤氏を離れてからは、少年ものなどたまに金に代る位の、皆々同人費捻出に頭を悩ました挙句、誰が考えた智恵か、ひとつ有島武郎に出させようと云うことにきまった。四人の詩稿を、萩原と壺井が持参し、麹町の大きな屋敷に納まっていた、農場主でもある有島武郎の面前に差し出したところで、氏はぺらぺらと原稿をめくり一瞥してから、これを柳宗悦の許へもって行って、入用の金額に換えろ、と書斎の壁にかけてあった、梅原竜三郎作「椿の図」を外してくれた。その足で、二人は柳宅へ赴き、金五十円貰ってきた。その金を、全部創刊号に使ったので、段ぬきにして二十頁以上の、可成贅沢な雑誌が出来た。「赤と黒」の名は、私がいい出し、皆が賛成したものであった。

二号は、壺井の「詩とは爆弾である。詩人とは牢獄の壁を破る黒き犯人である」と云う威勢のいい文句を、表紙に刷ったりしたが、資金の関係から、十頁に満たぬものであった。三号、四号すべて同じ厚さで、四号目で潰れ、以後詩を地で行くような、テロかぶれした行動に及び、同人一同身心極度に荒んだりする裡に、あの関東大地震が到来し、東京はいったん焼け野原と化した。

震災後、私は仲間から独り離れ、今に続けている、墓穴掘りのような私小説へ這入って行ったが、萩原・岡本・壺井の三人、新たに小野十三郎など加えて詩雑誌「ダムダム」その他をやり、萩原は詩集「死刑宣告」上梓後早逝し、壺井・岡本は左翼詩人として大成するに至った。

既往を思えば、感深いものがある。「赤と黒」の創刊号から四号まで、不思議と私の手許に残っていたが、本年になり、そつくり壺井に送つた。保管者には、彼の方が適任と思つたからである。

私小説作家の立場

風俗小説、中間小説といつた、多数の読者相手の作品がハバを利かしている今日、私小説など、赤い屋根や青い屋根の文化住宅街の片隅に取り残された、藁屋根の百姓家みたいな存在に相違ない。本誌先月号で「私小説の変質」なる題目の合評会をみるなんか、奇異な思いにかられた向きもあるかも知れない。私小説作家のはしくれとされる私始め、一寸意外な感買つたような次第であつた。

現在、私小説ジャーナリズムに占める位置はそれとして置いて、河上・中村・臼井三氏の私小説観は読んで甚だ為めになつた。いろいろと、反省される節もあつたが、尾崎・上林・外村の三君はとしも殆ど同じ、ある時期同人雑誌に顔つらねた仲間であり、三人のいい分些《いささ》かかねる意味合いも含めて、以下作者側の私小説観の一端述べてみよう。下手な理窟や、きいたふうな広言吐かず、私小説家なんてものは、唖のようにだまりこくつて、せいぜいいい作品生むべく心がけるのが上分別にきまつている筈であろうが。——

河上によると「私小説というものは執念深いものなんだよ。生活が一回限りということだつて、できた作品が一回限りということだつて、非常に両方とも、執念深いもの」とあり、中村は「私小説というものは、根本にあるものは告白だ、といわれている（略）『蒲団』とか『新生』とかいうもの、極端な例だけど、やつぱり一種の決死の覚悟みたいなものがある」とみ、臼井は「私小説なんていうものは世間にも細君にも隠しているようなことをほじくり出したものだ」と云い、三氏がこうあるべしとする私小説観が、以上で大体一目瞭然であり、私なども決して見当違いな意見だとは思わない。が、現在あるところの私小説に対し、尾崎・上林両君の近作を引き合いに出して、次のような否定的言辞を洩らしており、「エネルギーを失いつくして、私小説もここまできたかというようなもんで、何もないもんだから拾い出してこんなもの題材にしたといつたふうなものだ。（略）人生なんて脈々たるものとどこにもつながりはない。全くのこぼれ話だ」と臼井はきめつけ、「『記憶のをかしさ』と『祖父』というのを両方読んで小説家というのはいい商売だなあという気がしたな」と中村は奇怪なことまでいい出し、上林君の作品にふれ「講演をしても小説になるし、聞いても小説になる、これも羨しい話だよ」などと毒づいている。外村君の場合でも、「ただ好きだとかいい人だということで片づけられないようないやなものをあの人（外村）はもつてて、それをまだ持て余している感じがする」云々と裁断している。二氏は、ひと口に云えば私小説の看板に偽りありで、現今のそれは「のんべんだらり」とした、毒にも薬にもならぬ「健全家庭読物」乃至《ないし》「エピソード」に成り下つてしまつたと、苦りきつているようである。河上だけは、年齢的にわれわれ戦前派と目される私小説作者に近いかして、随分とカタを入れている様子であつた。拙作「青草」は、運よくホコ先かわし、いつそ賞められた方に廻つているが、その看板にあるまじき、見下げ果てた私小説、と三氏から到底お目こぼし願えぬような作品を、面目ない次第ながら、私もこれまでに相当数書いているのであつた。

先達、尾崎君は、口頭でこんなことをいつていた。「君は、ひとり身だから、どんなことでも書ける。思い切つて書ける。俺んところは、女房も子もいるし」家庭大事という建前から、思つていることを、ずばりずばり書く訳に行かぬ。というようなことを、述懐まじり語つていた。同君には「芳兵衛」で名高い良妻あり、彼女は夫の書くものをかたつぱしから読んで意見いうふうだし、二人の子供はそれぞれ大学校卒業し、親父の作品を批判的に読めるほどになつている。世界の思惑、他人の反応はさて置き、この三人の家族にいわばけん制され、尾崎一雄は自由に振舞えぬ、思うままに書けぬ、とかこつようであつた。彼が書きたいことを、誰に遠慮、気兼ねせず書いてしまつたが為め、彼の家庭にひびがいつたというほどの、書きたいことを目下持ち合わせているか、居ないかは別として、このことは大きな問題だと、私は聞いた時も、そのあとずつとそう思つているのであつた。

ひとり身の私には、戸籍上の家族はない。が、近くに弟一家があり、姪は兎に角、弟や甥は小説類がわりと好きな方であつた。世間は勿論、故郷人も念頭になく、弟や甥始め人間と名のつく者は一切忘れた如く、ただもう無我夢中で、書きたいことに沈潜して、いざ出来上つてみると、所詮は凡夫の至らなさ、ツキモノがとれたように、作品を受けとる読者側の顔色等が気になり出し、毎度とり越し苦労積んでいる始末であつた。が、私は、弟や甥に、かつて一度も自作をみせたり吹聴したり、読んだかなどと尋ねたりした覚えがなく、向うでも読んだとも何とも云い出したためしがない。金輪際、兄貴や伯父の書くものなど、手にとるなと云うのが私の本心であつた。仮りに、母親が在世し、私の小説のぞいたとしたら、どんな感情に見舞われることか、思いなかばに過ぎるものがある。よかれ悪かれ、尾崎君がそうみていたように、世間や家族の目を度外視したみたいな作品を、わりと私は書いている方であろう。

尾崎君の場合は話が違つてくる。相手が妻と子であり、読んでも読んでいないと云うふうな、一種の肚芸で過せる間柄でないだけ、うつかりしたことは書けぬ、それこそ家庭に風波をまき起すもとと、尾崎君はよくよく警戒することであろう。立派な私小説書いて、家庭を破り自分まで滅ぼしたが是か、一家の調和をそこねない程度の健全な私小説書いて、家庭や家長としての自己を全うした方が非か、この是非の判断は極めてむずかしいところ、私とすれば作品は少々位水をわつても、よき父、よき夫としての余生を送る尾崎君に賛成したい私情へ傾くようであつた。

家庭に対する考慮の結果が、上林、外村両君にも最近のような作品書かしているかどうか、詳にしないのであるが、上林君にも大学を出た二人の子供あり、外村君にも大学生の長男がいる。が、尾崎君の場合ほど、その人数も多くなく、両君の家族、家庭に対する方寸も、前者とやや趣きを異にしているようだし、健康状態と云う面も閑却出来ないが、それでも野放しで小屋住い続けて、誰に死水とつて貰う当もはつきりしないような私とは大分訳が違う。両君にしろ、家族に読まれたらことだとためらわざるを得ない題材もあるに相違なかつた。

「脈々たる人生につながらぬこぼれ話」等と、あつてもなくつてもいいように批評家から見くびられる私小説が、主として家庭の事情から、たまたま出現する所以をみてみたつもりだが、私も沢山書いた覚えのある「こぼれ話」の類いは、それだけの理由からでなく、いろいろと不純な動機からも産出されるようであつた。早い話、筆以外に銭とる術がないので、ついその方に慾にかられ、みすみすつまらぬ作品になるのを、当人百も承知の上、でつち上げる場合がある。内容は別として、ひと通り読めるものにする程度には、私小説家といえども二三十年の年季積んでいれば、おのずと腕に筋金がはいつているのである。したが、所謂腕のある私小説家ほど、私小説家としての、面目を失い易いようでもある。私小説と職人的技能とは、大根《おおね》に於いて両立しない。中村光夫氏も指摘しているように「話になれば私小説は自殺だね」で、世間から私小説家と目されている人間でいて、中間小説も結構行ければ、興味本位な新聞小説もソツなくこなせるなんかない筈であつた。小説は「話」である、と云う好個の見本は谷崎潤一郎の諸作品であろう。いい悪いは二の次として、潤一郎のものは悉《ことごと》く物語であり、つくり話である。比較的作者の素肌のすけていそうな「蓼喰う虫」にしろ、やはりつくりものと云うぎごちなさ、空虚感をまぬがれ得ないようである。私小説は、話ではいけない、つくり話でなく、もつと切実な、斬れば血をふくようなもの、ぎりぎり結着ないのちのリズムといつたふうなもの、緊密なリアリティと名づけるようなもの等が一貫して作品の支柱となつていなければならず、それには百の技術も工夫も細工も大して役に立たず、「決死の覚悟」といつたふうな態度がすべてを決するしかないであろう。

花袋の「蒲団」に始まつて、私小説の歴史も既に半世紀たつている。その間、傑作、秀作の数々を、私達はいやと云う位読んできている。明治以後の日本文壇に、伝統と云うものがあるとしたら、私小説のそれより外、いくら探したつてないのである。釈迦もキリストも、又マルクスも毛沢東も、無縁のような偶像に感じ易い天邪鬼な私など、この私小説の伝統以外に、信仰の対象は先ずないといつていい。古くは花袋に葛西善蔵に、近くは秋声に又直哉その他に脱帽している所以である。で、私小説の伝統を想い、自分もその流れに棹さす一人として、空しく末流の泡沫と消え去るより、小なりといえども存在理由を主張し得る作家になりたいと云う悲願抱かざるを得ないのだ。いい作品をと希う努力もひとつはここに発し、ここに終るのである。が、そんな色気や山気はさて置き、日本文壇における私小説の伝統は、永久的なものか、或は半永久的なものかの見透しだが、それは将来その時になつてみなければ判らないにきまつているにしても、私の我田引水か知らぬが、一寸私小説なるものが、日本からなくなつてしまうとは考えられない。少しこじつければ、自己を述べるという形、無常というものをうつした点等で「方丈記」も私小説の古典（規範）とみればみられるであろう。形式こそ異れ、端的な自己表現というところから、世々の短歌、俳句の多くにも、私小説と同趣向のものあり、日本から短歌、俳句が滅びない限り、私小説が姿消す時はまずないだろうと思う。また、世が進み、秩序が改まつて、金持ち、貧乏人という階級はなくなり、人間喰うことでは心配のいらない、一応辻褄のあつた社会が到来しても、政治手段だけでは一切が解決出来ず、あとあとまで問題が残るだろうように、劃一的なユニホーム着せられながら中身の肉体は十人十色の、大なり小なり異つた思考・感情抱くのが人間であり、時の支配者側がまた表現の自由を容認する限りは、個性的な彼ならではと思わしめるものが、文字通して現れ、それが短歌となるか、俳句となるか、或は私小説の形式をとるか、各人の好みによつてさまざまという光景を呈するであろう。と、しても、文化、文明の進むにつれ、偉人・英雄は減り勾配、人間は段々小粒に整頓されるといわれる通り、明治この方草分け時代の私小説に較べて、今日のそれは何としてもスケールの詰り加減なのが事実のように、個人の振幅がいよいよ小刻みに傾く今後は、私小説等勢い小型なものになるに相違ないが、それは是非ない成り行とみるべきであろう。

思わず、広言にわたつたようだが、最後に私の私小説について少しばかり、述べさせて貰う。私に即して私を抜け出る、つまり自分のしたことを他人のようにみ、且書くということである。この骨法を、私は秋声先生の作品から学び、近頃になつて、どうやら身についたかと己惚れている。私小説を、性こりなく多年勉強した訳だが、五十歳前は正真正銘の私小説らしく、「私」

を主人公とし、「私」「私」の一点張りで、大体やってきたが、この頃は竹七とか参六とか、捨七とか捨六とか「私」をそんな第三者みたいな名で記号し、作者としては、自分を他人でも扱うように扱えれば願ったりかなったりとしている。読者にはみすみす「私」と受けとれ、作者自身のこととすぐ見当つくような次第を書いていながら「竹七」とか何とか三人称でひとごとめかしくゆくなど、何か責任のがれな、ずるい嫌味な仕方ととられるかも知れないが、私小説は「私」を識別する手段の一つだとも考えているのである。それには、蛙を瓶の中へ入れて矚《みつめ》るように、自分と云うものを出来るだけ突ッ放し、他人を俎上にのせるような工合にするに如くはないと思うのである。真実を求め、苦衷を訴え、生の喜びをのべ、或は内心を告白するのも、私小説の重要な要素であろうが、己を知る方便・よすがに、これを書くということも、私には切実な要求であった。

「青草」など、女が主人公となり「私」であるに相違ない捨六は、一寸ワキ役の方に廻っている点、私小説として本筋のものかどうかと、三人の批評家に大分疑問もたれた様子だったが——。

自分と云うものを弁《わきま》えることは、面倒の多い、障害だらけな人生には、舵として是非共必要な一事であり、生得暗愚・不明の私は、このとしになってもまだ自分がはっきり摑めず、その為めことに当ってつまずき、行く末に惑うことが多いのである。自分を卒業したから「私」を他人のように扱いたいのでなく、まだ中途半端だから、そうせざるを得ないのであった。

木彫の亀

私の座右に、木彫の亀がある。長さ五寸余り、鱗も彫られておれば、尾もついており、腹部にもちゃんとすじが一本一本はいつている。四本の脚には、爪が五つずつ刻まれており、猪首の如く短かい首、甲羅に較べて小さい顔、眼のところには、二本のびようが打ちこまれてあり、その記《しるし》となつている。みるからに素朴、無細工と云えば無細工な彫物であつた。が、私にすればかけ換えのない亡父の形見の品なのだ。

父は晩年、商売の方は大体弟がやるようになつて、体が楽になり、暇が出来ていた。「人間退屈していてはいけない」と自称し、小舟に乗つて漁師のまねごとしたり、二十年近く私の棲家となつてしまつた小屋に、当時まだ私が不在だつたので、土間へ筵を敷き、その上へ胡坐《あぐら》かいて、背中を丸め、こつこつ亀の子の形に木を刻んだりした。しまい時分には、のみのような道具も、ひと揃そろつたようであつた。父は亀のみならず、白木で鶴も作つていた。ある年の暮帰省した私が、ふと物置小屋の戸をあけると、火の気も何もないところへ坐つて、一心に亀の鱗彫っている父を見つけ、こっちが驚く途端に、父も総義歯の顔をまっかに染め、青年の如くテレてしまったことがある。

歿後、桐の箱の中から、綿でていねいにくるんであった亀と鶴が出てきた。亀は私へ、鶴はたった一人きりのきょうだいである弟へ、分けることにした。

既に二十年近く、その亀が小屋にあり、やもめ男と同居しているわけだが、何分本や何かの上へ置かれぱなしの、よごれがつきがちで、私は年に二三度、近所の井戸端へ持ち出し、水をかけてはたわしで首と云わず甲羅と云わず、寸詰りな脚と云わず、ごしごしこすったりするのであった。

志賀直哉の顔

志賀直哉を、初めてみたのは、十八、九の頃である。当時私は、実家の商売魚屋をしていた。ある時、いつものように、魚のはいつたブリキ製の大きな箱をかかえ、湯本から登山電車へ乗り換えると、私の真向いの座席へ、トンビ着ソフトかぶつた、中年の相当背の高い人が、腰を降していた。それが氏であつた。文学青年の私は、同氏の写真を何かでみていたので、それと実物と較べ合わせ、直ちに合点し、真向いの人物を、まじまじ穴のあくほど、瞶めたものだ。古ぼけた、魚臭い、短かめな外套着、地下足袋はいている、ニキビだらけの小僧が、自分を無遠慮にじろじろみ、なかなか眼そらさぬふうに、氏は段々不快を覚えたものらしく、私を睨み返すように、苦々し気な面持ちとなつた。

電車は、急勾配に喘ぎながらトンネルへはいつて行つた。

二度目にみたのは、東京銀座の、資生堂であつた。私は三十を過ぎていて、小説では満足に煙草銭にもありつけぬところから、同盟通信社にある種の原稿を売り、月々三、四十円ばかり貰い、それを定収入のようにして、からがら暮していた。仕事の都合で、殆んど毎日同盟に顔を出し、その通信社が銀座にあるところから、自然あの通りをよく歩いたものだ。

今日でもそうのように、資生堂初め、各百貨店や画廊に、ロハでみられる絵の展覧会がよくあつた。絵の好きな私は、団体展・個展の嫌いなく、銀座へでると、一番それを注意しみて廻つていた。こごえたものが、藁火《わらび》求めると云つたような心持ちであつた。

ある時、資生堂の入口に「清光会」展の案内書をみつけ、一寸こおどりのていよろしく、二階へ上つて行き、壁面にずらりと下つている日本画・洋画、そばからみて行つた。どんな絵があつたか、一々今覚えていないが「清光会」といえば、何しろ大家中の大家ばかりすぐつた、年に一度の展覧会であり、ファンと云うものはえてして、事大主義をまぬがれぬものらしい。

ひと廻り観賞し、隅の椅子に腰かけ、いつぷくしている裡、和服姿で袖口から白いシャツはみ出させている、背の高い初老のひとに、眼がとまつた。まごう方ない志賀直哉であつた。氏は、つれのひとと、古径の金粉塗つた「鮎」を、猫背らしい背中丸めてのぞきこんでは、ニコニコと話したりしている。余程気に入つたらしく、その作品の前に立止つたまま、なかなか動こうとしない。

私は「鮎」より、氏のそうした恰好に、視線を釘づけにしていた。芸術の醍醐味、満喫している氏の顔を、眼頭こらし凝視していた。する裡、ほのぼのと、上気しているあの彫刻的な端正な顔が、古径の作品より、諸大家の画面よりまして、光輝あるものの如くうつつてきた。感にうたれ、私は内心、うめき声落したりした。
氏は、軈《やがて》、私と眼と鼻の間にやつてき、立つた儘煙草を喫い出した。かけたなり、なおも私は氏の顔にみとれていた。氏の近くに、地味な服装した、中年の婦人が寄つてくると、氏は「――子」とか、その名を呼んだりした。家内にものいう主人の声色は、はたの耳ざわりにもならなかつたようである。

東京での、喰うや喰わずの売文渡世、半年とひとつ下宿・貸間に落ちつけなかつた浮浪生活を、三十八歳に切りあげ、永住を期して、私は小田原の海岸の、物置小屋へ起き伏しする運びとなつた。いわば、青雲の志空しく、旗を捲いて、故郷へ舞戻つた訳である。爾来、二十年近く、物置小屋暮しは続いており、来客あつても、お茶一つ出せないような身状であつた。が、当人、いささか、世捨人をもつて任じているふうがないでもない。

四年ばかり前のことであつた。ジャンパーに下駄穿き、安物のステッキぶら下げ、真鶴《まなづる》駅で降りると、私は予定通りあるき出していた。蜜柑の熟した、秋も終り頃の、よく晴れた一日であつた。

真鶴を出はずれ、崖路づたい、福浦の部落へくだつて行つた。途中、幾度も振り返つては、なだらかな山々の起伏を眺めたりした。あのへん一たいは、火山系に珍しく、山容が険しくなく、中腹まで段々畑がひらけているのも面白かつた。

福浦へきて、店先から、駄菓子をひと袋買い、中のものを頬ばりつつ、磯路づたい歩いて行つた。大島、初島、利島、神津島と水平に並び、天城を頂いた半島のたたずまいも悪くない。蜜柑畑の中を突ッ切つたりして、間もなく吉浜へ、かかつた。脚もとに、滑つては返る波の穏かなざわめき、眺めたり聞き入つたりして、とことこ海沿いの道を行つた。まつすぐ、村端れへ出、小さな橋を渡ると、道は急勾配となり、崖ぷちへかかる。トラックや、ハイヤーの上げるほこりに悩まされながら、あの道をぶらぶら登り、手近にみられる真鶴岬振り返つては、しみじみ眺入つたりした。岬に抱かれ、海がまるで湖のような工合になつた場所もあつた。

段々、伊豆山へ近くなり、ふと路ばたに、竹で作つた立派なベンチが、一つあるのに気がつき、早速そこへかけ、ひと休みと云う段取りとなつた。ジャンパーぬぎ、汗ばんだ体に吹くともない風を入れ、下げてきたズックの袋から、コッペーパンに蜜柑とり出し、それを交互にむしゃむしゃ、始めた。眼の下には、崖嚙む波が白く寄り、そんなに大きくない松の枝ざし、あみの目すかした如く、海原が青く光つている。奥歯のない私は、殊更ゆつくりと口動かし、身も世も忘れてしまつたような状態であつた。

と、ベンチとは、反対側の丘の小路から、一人のソフトかぶり、水色の地に細い縞のはいつたオーバー着、手に小さな鞄ぶら下げた人物が降りてきた。志賀直哉であつた。氏の山荘は、このへんにあつたのかと、私は改めて承知し、急ぎ脚降りてくるひとに、眼をこらしたりした。広い道路へ出ると、氏は私の方をさり気なく一瞥し、すたすた向うへ歩いて行つた。そのあと追う如く、丘の小路に、二人の女連れが現われ、としとつた方は、上天気なのにコーモリ持ち、縦縞の派手な和服着た方は手ぶらで、双方大分急ぎ脚である。二人が、道路へ降りるとすぐ、十間ばかり先きへ行つていた氏が、振り返りざま「――子」とどなり、ついでにベンチの男を一寸みたようであつた。

三人のひと影が出鼻の向うにみえなくなつて、程なく熱海行の小型バスが私の鼻先通つて行つた。

ここ三、四年、私は女買いに、熱海へ出かけたためしがない。もつぱら、膝もとの、「抹香町」で間に合わせている。熱海・糸川と「抹香町」とでは、値段の点でも大分違つていた。それが、片道四十円の汽車賃出し、熱海へは月の裡、一度や二度出かけている。別に目的あつてのことではない。息抜き旁々で、片道百七十円の東京は、やや遠きに過ぎるからだ。一口に云つて、熱海と云う土地は、あまり好きではない。狭いところへ、旅館や何かが、ごみごみ雑草の如く密集し、裾廻しの部分へ行かないと、木影などみることが出来ないし、ろくすつぽ庭らしい庭のない建物にしろ、俗で乾ききつた感じで、酒でものまないことには、しつくりしないような代ものが多かつた。が、町中出はずれると、一寸した風情ある場所がないでもない。魚見崎あたりからの眺めは、北に網代の出鼻、南に細長く海中へのびる真鶴岬手にとり、悪くなかつたし、殊に夕暮れにかけてがいい。海面いつたい、夕映えに染まつて、黄金色に点々とする漁船、網代港の灯をかすかにみるのも捨て難かつたし、魚見崎から町の方へひき返す途中、無数のあかりが、暮れなずむ山の裾へ、キラキラまたたく様、南欧のモナコ、ニースあたりのそれを連想させる感もないではなかつた。

焼芋かじりながら、渚町となる河岸の埋立地の防波堤下を、どてら姿の客にまじつて歩いたり、町中の小さな木の橋の欄干へ尻降ろし、コッペーパン頬張つたりすると、私らしい旅心を覚えることもある。梅園の梅は、早咲きだし、流れが巧みにあしらわれており、年々見物に出かけているが、損をしたというような気起したこともなかつた。

「糸川」は、素通りと行かないまでも、ずつと上つたためしなくなつたが、大湯へは、その都度つかつてくる。文字通り「千人風呂」で、大きな湯槽に、芋洗う如く、老若男女あふれていることもあるが、小人数の場合は、容れものが馬鹿大きいだけ、外では一寸味わえぬ気分になる。はいつたり、出たり、流しで天井向き横たわつたりの長湯し、二十円は安いものであつた。

その日は、大湯の帰り、甘もの喰つて、銀座通り（先年焼けて、新しい家ばかりになつて、今日の東京銀座より、みために整つている位だ）を、ぶらぶらした。資生堂始めないから、個展・団体展等ロハで愉しめる展覧会など、もとより思いも寄らない。この通りで、一度土地に居住しておられる、広津和郎氏にぶつかつたことがあつた。先達は、夫人同伴で、やつてきていた田村泰次郎君にすれ違い、一寸立ち話して、別れた。

銀座通りから、路地をひつこんだところに、△△と云う映画館がある。おもに外国映画をやつていた。ぶらりと、はいつてみる気になり、入口から二階へ上り、頭数せいぜい二百止まりの狭い座席のまん中に陣どり、胡坐をかいた。ジャンパーにズボン、相変らずの私は下駄穿きであつた。

始まる前で、半分以上、椅子はあいており、ぽつぽつ塞がつて行つた。男より、女の方が多い位であつた。その女の顔ぶれも、娼婦、芸者、商売女等、夜働く類いの者が殆んど占めていた。こんな光景も熱海ならではと感心し、私は頸すじ左右にひねり、いろどつた顔々点検したりした。男は、いずれも若い顔で、遊び人と云つたふうな、頭髪をテカテカ光らせている面々が多かつた。あちこちから、煙草の煙が、遠慮なく上つていた。

と、ソフトかぶり、水色のオーバー着た背の高い老紳士が、すつと入口から這入つてきた。みると志賀直哉である。そのうしろから、一度みた覚えのある、二十三、四のどちらかと云えば丸顔の、和服姿でハンドバッグかかえた女が、ついてきた。彫刻的な白い天神髭はやす面長な顔と、あまり似ていなそうだが、氏の娘に相違なかつた。

まん中へんの座席に、小柄な体に似ない大胡坐かいている、もみ上げあたりゴマ塩色した男を、氏は銀縁眼鏡ごし、気にとめた。うしろの娘さんも、父親同様、大胡坐一瞥してから、私より斜うしろに、並んでかけた。「志賀先生」と呼ばわりつつ、氏に近寄つて行く、比較的ちやんとした身ごしらえの、若い背広が現われたりした。

館内が、薄暗くなり、写真がうつり始めた。フランス映画で、そんなに雨が降つてもいず、音もすり切れていなかつた。自分の占めた場所に気がさしたかして、私は立ち上り、うしろの方の座席へ、移つた。暫くすると、私の大胡坐かいていた椅子へ、氏がかけ、続いてその左隣りへ、娘さんがかけた。丁度、上背の同じ位な親子は、体を硬直させたように、熱心に映写幕を眺めて、微動だもしない。はじめ、映画より、その二人のうしろ姿に気をとられがちだつた私も、次第に写真へ眼をこらし、心をとられて行つた。

ひと妻の三角関係で、すじはありふれていたが、額が広くて、眼の冷たい女が、みかけによらず脱線して、不倫な恋に熱中し、相手の若い画家と、死ぬの生きるのという瀬戸際まで行つたところで、医者である夫のひと柄見直し、危なく踏み止まり、元の鞘へ納まるという、二時間近くの映画であつた。昨年、やはり人の妻に迷い、幸か不幸かその中途、われから引き下つたような経験をもつ私は、ひとごととも思われず、写真へひきつけられ、時間たつのも忘れていた。

館内が、ぱつと明るくなり、見物がぞろぞろ、立ち始めた。私も席を離れて、氏のうしろ側近くなつたところで、氏もゆつくり腰をおこし続いて娘さんも、しやんと立ち上つた。眼と鼻の前に、氏の顔をみて、私は驚いた。

白い天神髭はやし、皺やシミも一杯ありそうな、七十余歳の老人の顔が、青年の如く、まつかに紅潮しているのである。銀縁眼鏡の底に、眼が瑞々しく、こぼれるように輝いているのである。私は、まばゆいもの、まのあたりにし、知らず頭の下る思いであつた。

以上の如く、私は幾度も、志賀直哉をみていない。また、尾崎一雄君あたりに紹介たのんで、氏を訪ねてみるほどの気にもなれないのであるが、ちかぢか山荘を引き払い、東京の方へ越されるそうであるから、氏の顔にぶつかることは、もうないかも知れない。

葛西善蔵訪問記

ざつと二十五年前である。

当時、時事新報の学芸部長をしていた、佐々木茂索氏の好意で、文壇の大家連を訪問し、談話を頂戴して、原稿用紙にうつし、一枚いくらかで、銭をもらうような仕事をしていた。

ぽつと出の、田舎ものらしく、小豆色の鳥打帽をかむり、まだニキビの残つている顔に、鉄椽の小さな伊達眼鏡をかけ、袴なしの着流しという恰好で、四五度の無駄脚にもめげず、根気よく推参に及ぶのであつた。そんな、訪問原稿と別に、少年少女小説、読もの等をせつせと書き、また一方「私小説」の試作にも余念なかつた。まとまつた一篇を、談話頂戴でお近づき得た、徳田秋声先生の許へ持参したりした。

葛西善蔵氏は、本郷三丁目の、電車通りを少しはいつた、西城館という、三階建の下宿屋にいた。田舎で、魚屋をしていた頃から、同氏の拙ない、人生の行路難をうそぶくような作品は、身につまされて愛読していたし、ある家でしたたか泥酔した揚句、先生狼籍を働き、喧嘩相手を気絶させたばかりでなく、その首尾を某新聞の三面に、逐一書きたてられた次第を叙した、近作「椎の若葉」など飛びつく思いで読んでいる私として、大きな柱時計をかけた下宿屋の玄関に立つている間も、五体がひきしまり、一寸動悸の高まる思いであつた。佐々木氏の名刺に、私のそれを二枚重ねて持つて行つた女中は、軈て葛西氏の部屋へ案内した。

二階の、一番はずれにある六畳であつた。北向きの窓、三尺の床の間に、手をつけてない、一升壜が置かれてあつて、氏はニス塗りの小さな机の前に、きちんと坐つておられた。光る袷を着、三尺をぐるぐる巻きにし、私をみかけると、よくきたといわんばかりの、人なつこい、愛想笑いであつた。多分、時事新報の、原稿依頼にみえたものと、勘違いされたのであろう。

一寸見は、童顔といつた感じで、東北の人らしく、色白の皮膚が薄く、五分がりの坊主頭、鼻下にとつつけたようなチョビ髭生やし、セルロイドの眼鏡、作品での感銘とはやや異る、実直な、村役場の助役然とした氏の面貌であつた。床の間近くに、頭髪を鳥の巣にしている、私と同じ位な年恰好のおせいさんは、手織の着物を膝にのせ、針を動かし、この方も、あまり気の置けないいずまいであつた。

額口を、赤くなつた畳へ押しつけるようにして、初対面の挨拶した。氏も両手の置きどころを改めたようであつた。私が、おせいさんの方へ向くと、彼女はおしろい気のない、蒼ざめた永めの顔を、ニヤツとさせた。

永年、その作品を愛読しているというような自己紹介は、口下手で、内気で、世馴れてもいない、二十三歳の私には、始めから出来ない相談であつた。いきなり、要談をきりだした。

「つまり、僕が話したのを、君が書いて、佐々木君からいくらか貰う、というですね」

と、氏は、幾分舌の短かい人のような、もつれ気味のものいいであつた。

「ええ、謝礼も出来ませんし、甚だ失礼な申し分なのですが――」

私は、卑屈に前を下げ、やつとの思いであつた。

ただでは、困る、という風に、氏の酒のみらしく据わつた、又その作品と通じるような、重い薄暗い眼が、段々険しく尖つて行つた。

「二三枚分で結構なのですが、ひとつ――」

云いながら、懐のノートをひつぱり出し、手に鉛筆を握つて、私はおずおず上眼使いである。

氏は、眉のつけ根を寄せ、ますます、まずい顔である。

ひと膝、のり出すようにして、

「秋声先生が、今月「花が咲く」という短篇を書かれましたが、お読みでしようか」

「読みました」

「何か、ご感想でも――」

「そうなあ。やはり、うまいものだが、先生はことを霞めて書いて居られる」

それきり、あとが出ないのであつた。私は、いろいろ頭をひねり、文壇情勢や、私小説に対する意見など、たつてたぐり出そうと、口数を重ねたが、氏は一向のつてこない。こつちの、手ぶらできて、口をわらせようとする仕打ちが、始めから気に喰わぬ、と云いたげな様子で、迚もとりつくしまはないみたいであつた。

私の質問も、ぽつんときれてしまい、二人の間に、うそ寒い空気が立ちはだかつた。その場がもてず、私は早々、座布団からすべり降りた。

おせいさんにも挨拶して、立つと、葛西氏も机の前を離れた。上背のある氏のあとから私は小柄な体を、余計縮めるような恰好でついて行き、玄関へ出た。そこで、改めて、物云わぬ氏に頭を下げ、下宿屋を離れてから、私は永い永い溜息をついた。当てが外れたのは、今度が始めてではないにしても、相手が相手故、私としては深く心にアザが出来たような感じでもあつた。

一代の名作――日光湯本温泉より、三人の子供を、その郷里に養育する妻女を思うの歌、東京に置ざりにしてきたおせいさんをしのぶの歌、そんな歌が並んでいたりする「湖畔手記」もなり、葛西氏は本郷三丁目から、世田谷三宿の方へ移転された。そこへ、通い番頭の如く出入りし、雑誌社・新聞社向けの用事、質屋への通い、あとでは嘉村礒多君もしたように、氏の口述筆記もやつた同郷の友人瀬古が、ある日、私の下宿へころがりこんできた。云うには質草をうけ出すべく、三十円を葛西氏から渡され、その脚でうかうか浅草へ赴き、ついいける口なので、一杯やつて映画をみ、外へ出ると、またふらふら吉原の方へ行つてしまい、そんなこんなで、あのへんを三日ばかりぶらぶらしている間に、すつかり預つた三十円を使い果してしまつた、何んとしても、氏に会わせる顔がない、君行つて、ひとまず詫してくれ、と、しまいには泣きつくのである。彼のもつてきた、塩辛の一升樽を、黒い風呂敷に包み、私は省線電車にのつた。暮近くの、雪の上つた午後で、その年、私は秋声先生のすいせんにより、処女作をある雑誌に発表していた。これが一部の好評を得、年来の希望なつたというわけで、甚だ気をよくし、鉄椽の眼鏡を外し、訪問原稿、その他の稼ぎもぷつつりやめにして、小説と随筆位でやつて行こうと思い立つたが、ことの成行きは、私の寸法通り甘いものではないらしかつた。みるみる、下宿料をため始め、好きな煙草さえままならぬようなていたらくに落ちて行つた。自ら招いた沙汰とは云え、私はそもそもの振り出しから、早くもつまずいたもののようであつた。

私線の電車を、ただつぴろい通りで降り、でこぼこの家が、ゴミゴミ並ぶ、場末の街を曲つたり折れたりして、オブラート工場の裏に出、ようやく目当の家を探した。

一間半間口の、小さな一軒建の平家は、北向きで、屋根のトタンも錆び朽ちているようであつた。建てつけの悪い、格子戸をこじあけると、一坪程の土間で、下駄箱ひとつ見えなかつた。ところどころ穴のあいた、障子から、じめじめした、陰気臭い八畳の部屋がのぞかれ、すすけた壁際に、寄贈雑誌など、小山のように、うず高く積まれてあつた。

横手の三畳に、安ものの茶餉台《ちゃぶだい》を据え、焼のりに香ものかなにかで、葛西氏はチビリチビリやつて居られるところであつた。綿のはみ出した、古どてらを二枚重ね、着ぶくれたような氏は、先年のことなどケロリと忘れたように、大変なご機嫌で、私を招じ上げた。差し向いの位置に坐らせた。私は、両手をついて、久潤の挨拶した。二度目にみる氏は、心持ち、顔にむくみがき、顔色も冴えず、何んとなく、身のこなしがだるいようであつた。

「まあ、ひとつ」

と、氏は、青白い腕をのばして、旧式な大きな盃を、私にとらせた。

「実は、今日上りましたのは、瀬古君のことで――」

「瀬古君、どうしています」

氏もひと際眼をみはつた。彼の失態を、大体きいたとおりに述べ、

「何分、いける口ですし、のむと、からもう見境がなくなつてしまう人間でして――」

「いや、いや、そのことならいいんですよ。かまいません。酒の上なら、私はじめ、ひとのことを、とやこう、云えた義理ではありません。いいんですよ。本当にかまいません」

「そんなにおつしやられると、かえつてこつちが――」

「何、いいんです。瀬古君にそう云つて下さい。金のことなど、ちつとも心配しないで、明日でもきてくれるように――うちへ、はいりにくかつたら、善蔵、家主の家から、鉋を借りてきて、そこの敷居をけずつて置きます」

「ありがとうございます。彼も、すつかり悄気きつているんです。そう伺えば、どんなに喜ぶか知れません」

「本当に、明日でもくるように、そう云つて下さいよ」

氏にして、この語あるか、と私は眩ゆいようであつた。応揚至極な言葉に、私の肩も軽くなり、穴のあいた靴下はいた足も楽な坐り方に変つた。後日、秋声先生が「葛西は、僕の前で、どんなに酔つても、膝を崩したことがなかつた」と洩されたが、後輩の前でも、氏は端然としたものであつた。

「君も、いよいよ、やり始めましたね」

「ええ、まあ──」

生れたての赤ン坊を、ねんねこでおぶつたおせいさんが、一人前の刺身皿を、コツンと茶餉台に置いて行つた。

「△△新聞に書いた、君の随筆読みました」

「それは──」

私は、片手を、ぼうぼうとのびた頭の方へもつて行つた。

「旅館の親爺も、よくひと柄がでていたし、君らしい魚屋さんも、眼にみえるようだつた。何より、正直な気持がうれしかつた」

「お目にとまりまして──」

「いや、こうみたところも、君は中々正直そうな人間ですね」

「どうも、愚直のようでして──」

「諺にも、正直は一生の宝というが、文学だつてそうです。ウソ、いつわりなく、正直にありのままを書く、これに越したことはありませんよ」

「持つて生れた、素地で押すんですね」

「そうですよ。鍍金《めつき》や、借着《かりぎ》はいけない。馬鹿でも何んでも、正直一途に、まつすぐ行く――」

「どうも、まだ、キョロキョロするようで、腰が坐っておりませんです」

「いくつです」

「瀬古君と同じ、二十五です」

「まだ、二十五。若いんだなァ。僕ら、四十面下げて、書きちらしばかり書いて、としをとつてしまつた」

「それは御謙遜です。あなたのお仕事は――」

「体は、めつきり、いけなくなつてくるし、ペンをとるにも退儀で仕方なくなるし、第一作をしたいにも案が立たない。案が立たなくなつてしまつた――」

「この頃は、口述の方で、随分お盛んではないですか」

「自分で書けなくなつたので、筆記して貰つているんですがね。苦しまぎれの一策というやつです。作家は、書けなくなつたら、死んでしまつた方が、本当かも知れない」

と、はき出すように云つて、氏は苦つぽく、口を曲げた。そんな創作地獄というものをまだのぞいたことのない私も、思わず頬のあたり、けいれんするような工合であつた。

「いや、若い君等の前で、こんな愚痴は止めよう。せつせとやんなさい。だが、書いて食つて行くということは、大変なんですよ。自分のいのちと取りかえくら、するようなものですよ」

「よく、承わつて置きます」

知つたか振りの、いや味にならない、いつそ身を刻みこんだような、氏の談義ならぬ談義は、素直に聞き手にも通るようであつた。又地酒のまわりも殊の外で、少年時代野良仕事をしたこともあれば、停車場の駅夫として、客の切符に鋏を入れたこともある、氏の右手をとり、それをおし頂くようにして「この手で、あの『湖畔手記』をお書きになつたのですか。この手で――」などと、私は随喜の限りをみせるのであつた。そんな、青二才の、他愛ない有頂天ぶりに、別段てれるというのでなく、ただニコニコと、顔を永くする葛西氏であつた。

ところへ、障子があいて、土間に立つている人が、顔を出した。頭髪は、ゴマ塩まじり、幾分猫背で、痩せ型の、染めた分厚な前掛けした老人であつた。一目で、葛西氏によくしている、酒屋の主人と知れた。その作品によると、永年田舎で巡査をし、停年でやめると上京してきて、店をひらいた、やもめ男の由であつた。

「ア、お上んなさい」

氏は、相変らずの、ご機嫌であつた。老人は、体を二つに折るような恰好で上つてき、畳の上にかしこまつた。この人は、煙草もいけないような堅人らしかつた。

「あの瀬古君の友達で、この頃、小説の方で、大いにやり出した、まだ若い人ですがね」

と、氏はそんなに、私を紹介した。

「ほう、お書きになる方で――それはそれは」

世故にたけた人は、皺だらけの手を、もまんばかりであつた。二人は、互いに、低い頭の下げ方をしあつた。

「今日は、わざわざ、瀬古君のことできてくれたんですよ」

「瀬古さんの件で――瀬古さん、どうなすつているんです」

葛西氏は、老人に、かいつまんで説明してみせた。

「あの人は、お年のわりに、おとなしい、気の練れた方ですが、どうも、いつぱいはいると、気が変り易くつて――」

「お店の方へも、大分迷惑かけているでしよう」

「いえ、手前のところへは大して……」

老人は言葉尻を濁した。する裡、葛西氏は、おせいさんに、ボール箱をもつてこさせた。中から、メリヤスの、シャツ・ズボン一組がでてきた。

「せんだつて、谷崎君から、おせいぼとして貰つたんですがね、よかつたら、あなた、とつといてくれませんか」

「そんな、結構なものを、頂戴したりしましては――」

「遠慮なんかいりませんよ。とつといて下さい。粗末な品物ですが」

老人は、いんぎんに辞退したが、結局葛西氏の言葉どおりになつた。深々と礼の言葉を述べ、ボール箱を目八分に押し頂いた。

暫、世間話など出、老人は間もなく、箱をかかえて、土間に降りた。何か、云いそびれて帰る、といつたような、そのうしろ姿でもあつた。

「実によく出来た年寄りでしてね」

「なかなかの、苦労人らしいですね」

「字なんかも、巡査上りとは思えない位よく書くし、人間が親切で、遠慮深い。もつと、押しつまつたら、こもかぶりをひと樽、廻してよこすと、約束してくれたんですよ。もちろん、あと金ということで――」

「珍しい話ですね」

「全く。地獄で仏とは、あの老人のことだ。おかげで、小生、来年の正月は、存分にのめる訳です。カツカツカ――」

と、氏は、現金に、声まで出して、大笑するのであつた。

谷崎精二氏が、W大学の行く行くは文学部長になるだろうという話。その他文壇人の話も出、大分茶餉台の上が寂しくなりかけたところで、葛西氏は、先程から、火鉢の傍に置かれてあつた、瀬古の届けものの、塩辛の樽をとり上げ、その蓋をとつた。と、みるみる氏の顔色が、がらりと変り

「箸をつけたものを持ってきたッ！」

と、私の額をねめつけるのである。ことの意外に、思わず、私の上体ものびて、のぞくと、樽の中味は、やっと半分あるかなしであった。しまった、しくじった、とり返しのつかないことをしてのけた、と日頃自分のうかつさ加減まで、いっぺんに胸につかえ、顔から火が出るようであった。私は、前のめりになり、片手をついて、

「どうぞ、お許し下さい。そうとは知らず、全く私の手落ちです。済みませんです」

くどく、弁解しても葛西氏はきかなかった。

「土産ものを、ろくに改めずもってくるような、不心得な無礼者に、満足な小説が書けてたまるか。小説を書くもきいてあきれる」

氏の吐き出す言々、私の骨身に突きささる思いである。なんだ、かだと、あれこれぶつぶつ並べて、私をいびり、こずき廻して、止むところを知らない。幼少の頃から継母の手にかかり、長じて、女房子もつようになっても、これと一緒に暮すことが出来ず、齢不惑にして、まだ一家をなし得ない、などと嘆くような、日あたりのよくない境涯を余儀なくされてきた氏には、自らの宿命に抵抗し、世間の扱いに反撥する、逆目だった、ひととおりでない性根も、しぶとく根をはるようであった。

「瀬古君はおおものだ。今のうち、たんといい気になっているがいい。あとの雁が、先きに行くということもある。その時になって、泣きッ面しない用心も必要だね」

氏の毒気にあたり、とくに私の顔色はなかつた。

「今日のところは、これでお許し下さい。また改めて、お詫びに上がりますから――」

「いや、二度とくることはない。又、君の顔をみるなんか真平御免だッ！」

「そろそろ、日も暮れますから、帰らせて頂きたいですが」

「こつちの気持を、踏みつけたまま、勝手に帰るとは失礼です」

と、氏は、どてらの袖口から、青白い腕をにゅつとのばし、大きな盃に、酒を一杯にみたすのである。帰ることもならず、居ることもならず、私は頭髪をむしつて、その場にのたうち廻りたいところであつた。先程の、老人でも、と私は心の中で、その人を呼んだりした。

「いつたいが生意気なんだ。小僧ッ子の癖にして、いけ図々しく、ただで談話をとりにやつてきたり、兄貴振つて友達のしくじりに、仲裁の口をきこうとしたり――」

なおも、頭をたれ、小さくなつている私をねめつけながら、葛西氏の苦々しげな口説は続くのである。その眼は、段々と、何か生血を好む野獣のような光さえつけてくるのである。私は、息がつまりそうで、この上の辛棒が出来なくなつて行つた。

口のうちで

「お暇、いたします」

と、云うより早く、腰を浮かせた。それを素早く見てとつた氏は、

「貴様帰る気かッ！」

と、われるような怒声である。

「あんた、何の権利があつて、そんなに悪止めするんだッ！」

窮鼠返つて、猫を嚙むように、私はよろけ気味に立ち上り、夢中になつて、何やら金切り声で、わめき出した。私の居直りに、葛西氏もびつくりした如く突つ立つた。そのはずみで、茶餉台を蹴つてみせた。瀬戸ものの割れる音をききつけ、八畳の方からおせいさんが飛んできた。

「又、お株を始めやがつて――」

と、彼女は駄々ッ子でも、叱りつけるような言葉づかいで、いきなり氏の二の腕を摑みそこへ坐れというように、こずき始めた。この間の裡に、と私は障子をあけ、土間の雪汁しみた長靴に、脚を突き入れた。気ばかりあせり、紐をかけようと手先きが、かすかに慄えるようであつた。

「川崎君、そこまで送つて行こう」

みると、八畳の部屋の上りはなに、黒いトンビをひつかけ、鳥打帽をあみだにかぶつた氏の立ち姿であつた。

「いや、もう、結構、結構です」

「まあ、そこまで――」

私は、丸くなつて、格子戸をこじあけ、外へ飛び出した。一二間行つて、振り向くと、葛西氏が、むつつりした青い顔して出てくるのであつた。又、私の脚はすくみ加減になるのである。

外は、大分暗くなりかけていた。雪どけに、ぬかるむ路地を、二人はものも云わず、並んで歩いて行つた。

路が、十文字になると、葛西氏は立ちどまり、ぶつぶつと、つづきのような調子で、

「ここを、まつすぐ行けば、オブラート工場の前に出る。そうしたら——」

などと、路順を教えてくれるのである。

「よく解りました。ありがとうございました」

「又来給え」

何か云いたいが、それが言葉となつて、私の歯から、外へ出ないのである。半泣きの、しめつけられたような顰ッ面《しかめ》で、頭を重く、低く下げ、傍を離れた。

氏は、老人の店へでも寄つて、のみ直すつもりらしく、高下駄の足もとを、多少よろめかせながら、だらだら坂をくだつて行つた。

葛西氏は、その翌々年、同じ三宿の別の家で永眠された。享年四十二才——

死去の前日、ときどき意識不明になる氏は、死期の迫つたのを承知し、隣室に集まつた、おせいさんや親戚・友人達に、在世中はいろいろお世話になつたと、ひとこと言葉絶えだえに挨拶されたそうである。

戒名、芸術院善巧酒仙居士。

谷中の、天王寺で告別式があつた折、私も出かけた。

私小説家

1

明治三十四年十一月二十六日、早朝に、私は出生した。小田原、万年三丁目四七〇番地の、六畳に八畳の二間きりの平家建、天井もなければ、壁の上塗りもしてない家であつた。魚屋らしく、往来に向つて、セメントの流しがあり、裏には小さな物置小屋が、二棟並んでいた。海岸の防波堤に近かつた。

私の家の、先祖に当る太次兵衛は、徳川末期、近在の百姓の、次男か三男であつたが、子供時分、小田原の漁師与五兵衛と云う者の家へ、貰われてきた。昭和の今日では、そんな風習は大分すたれたようであるが、船などもつて、大きくやつている漁師が、僅かな金出して、他人の子を買つてき、自分の家族同様のようにし、小学校へも満足に出さず、船に乗らせて、商売を教えこんで行き、一人前になると、これに女房や近くに長屋の一軒ももたせ、終身船子としての関係づけをし、つまり一生しばつて置く、と云う一種の奴レイ制であるが、明治・大正時代までは、小田原の漁場には、この風習が相当盛んであつた。漁師の家へ買われてきた子のことを、「貰い子」と称し、はたでは彼等を侮蔑の眼でみていたようでもあつた。

太次兵衛も、この「貰い子」の一人で、与五兵衛丸のめしを喰つて大きくなり、生涯船子として終る筈であつたが、その性臆病だつたか、又は飼い殺しの境涯に甘んずるを、潔よしとしなかつたのか、漁師を止めて、肩に天秤棒あて、魚売りとなつた。箱根の部落、諸々方々歩いて商売するように至つたのだが、当時の箱根は、山籠が遊山客の唯一の乗りものと云つたような、時代で宮の下へんから上は、ろくすつぽ温泉宿も何もなかつたらしい。

与五兵衛丸と別れ、独立した太次兵衛は、その船持ちの姓を貰つて「川崎」と名乗り、女房を迎え、竹次郎、さだの一男、一女をもうけた。さだは、長ずるや、開港間もなくの横浜へ赴き外人館の女中奉公、洋妾のようなことをしたりし、そんな振り出しから、可成数奇な生涯を経、結局一人の兄竹次郎と同じ墓の下に眠ると云う幕ぎれみせた。

竹次郎は、私の祖父に当る人である。太次兵衛の二代目として、彼も箱根へ魚を売りに行き、夏場以外は湯治客がないので、鰺のひらきなどきつて、東京方面の市場へ送つたりして、伊豆稲取の長次郎丸の娘を貰い、半次、さき、太三郎、なつ、善太郎の三男、二女をもうけた。半次は、幼折し、太三郎が父親のあと目を相続した。さきは、紀州粉河から、小田原へ流れてき、近在に魚を売りに行き出した者の女房となり、一女の母となつたが、一人娘に婿八人の類いで、あとつぎの男を得ずにしまい、関東大震災後、一家は次々死んで、半年といなかつた二度目の婿との間に出きた、幼時脳膜炎をわずらつたため、頭脳未発達で小学校にも行けず、現在は小田原市の衛生夫として、市中のゴミ集め人足している者だけになつていた。なつは、東京に行つて、若い時から女中奉公し、市電の運転士の妻となつたがこれも三十一歳で死んでい、末子の善太郎は、ブリキ職の家へ小僧奉公へやられ年期があけて独立したが、ノム、ウツの道楽あつて、身持ちがよくなく、土地へもいられなくなり、東京へ出て行つて、三十過ぎ世帯をもち、品川へんの裏長屋に暮すうち、長女が小学校を終る早々、これを信州あたりの芸者家へ、下地ッ子として、売り飛ばすような工合いであつた。終戦後の今日、彼はまだ達者であるが、楽隠居と云う身分とは、程遠い暮し方しているようであつた。

そんな、きようだいを持つ、二男の太三郎が、私の父であり、彼は神妙に太次兵衛、竹二郎と二代つづいた、箱根行の魚屋となり、子供の頃から、天秤棒かついで、山坂を登り降りしたのである。レールの上を走る、客の乗りこんだ箱を、人間があとからおす、人車と云う交通機関が、電車と変り、それが箱根の湯本まで開通したのは、大正になつてからで、太三郎等は魚と一緒に、湯本までは電車だつたが、あれから上の方は、前代同様、降つても照つても、担いで行つた。宮の下のS屋、底倉のN屋が、長年の出入りで、殊にS屋の方は、古くからの温泉宿で、箱根でも屈指の旅館であつた。が、二軒の得意先へ商売するだけでは暮しがたたず、宮の下、底倉の素人屋へも惣菜を売りに歩き、ひまな時には、鯵のひらき、うずわの身切り等作つては、東京へんに送つていたこと、竹次郎の代と同様であつた。

N屋の女中雪と、太三郎は相愛の間柄になり、二人は結婚した。ときに、太三郎は、数えどし二十二、雪は一つ上であつた。雪は、小田原在久野の百姓の娘で、代々大百姓であつたが、雪の父親は大酒のみで、百姓に似ず山気あり、開港景気旺んだつた横浜へ出掛け大儲けせんと、田地その他を売り払つて金に換え、乗り出して行つたが、まんまと失敗し再び久野へ立ち帰つた際には、どうにか喰えるだけの田地その他より残つていなかつた。そんなところへ、泣きッ面に蜂で、女房は一人ッ子の雪を置いたまま、実家へ帰つてしまつた。彼は二度目の妻を貰い、鍬を握つたり出来た青物を車に積んで、小田原へ売りに行つたり、していた。二度目の女房に続々と子供が出来て行き、父親も酒ばかり相変らずのんで、甲斐性なしのようだつたので、先妻の子雪は、家へいるのをいやがり、小学校もろくすつぽ行かない裡に、自分から子守奉公へ、出て行つた。東京の勤人の女中もし、転々として、箱根・底倉のN屋へ来ていたのであつた。それまで、大の煙草好きであつた彼女は、太三郎の妻になつて以来、ぷッつりそれを止めた。竹次郎にその後妻、小姑としてはなつが同じ屋根の下に、住んでいた。

雪は、竹次郎に可愛がられ、後妻の艶にはうとまれがちだつた。艶は、わが腹痛めて、子供というものを生んだことのない玄人上りの女であつて、太三郎と雪との間に出来た私を、太三郎のそれでなく、雪が嫁《か》する前から秘密にもちこんできたもの、と難癖つけ、そのため十一月二十六日に生れたのが、役場へ届出が遅れてしまつて、私は戸籍面では、十二月五日誕生となつている。ずれの由来を、後年口が酢つぽくなる位、母はわが子に云つてきかせたものであつた。

私が、二歳になつた春、竹次郎は金五十円米二斗を太三郎にくれ、隠居した。隠居したといつても、二間しかない一つ家に、一緒におり、商売の手伝いもすれば、内職の網すきしたりして、自分達の小遣銭を稼いでいた。

生れた時、父親の病毒うけつぎ、頭中ふき出ものだらけで、ひよわで、この子は満足に育つかどうか、と医者も匙を投げ加減だつた私は、母親や祖父母の丹誠で、その後は大病みすることなく、すくすくと大きくなつて行き、今日五十を過ぎるまで、うかうかと寿命をつないでいるのであつた。

雪の連ッ子みたいなものだ、と私の出生に難癖つけた艶が、その子の生長と共に、文字通り眼に入れても痛くない、と云うような盲愛に及ぶのであつた。艶をハラハラさせたほど、嫁を可愛がつていた竹次郎も、孫が出来てからは、そつちへ方向転換したようであつた。乳ばなれすると間もなく、私は祖父と祖母の間に挾まつて、寝かされた。老夫婦は、私を「あんか」と呼んだりして、冬場は殊に私が大事なようであつた。

歩けるようになつた私に、祖父は手製の木の船、その他いろいろな玩具を作つてくれたり、街につれ出し、気に入つたものを、惜しみなくあてがつたりした。ある時など、玩具屋の店先で、あれがほしい、といつたのに、それがあまり高価な為めだつたのか、いつになく祖父が白毛頭を横に振るので、私はわつと泣き出し、店先へそつくり返つてみると、いつのまにかくだんの品物が、私の手に握らされているのであつた。泣いて、そつくり返えりさえすれば、いかなる無理も通る、と合点し、私の甘え方我儘ぶりはいよいよ嵩じる一方であつた。

網がすき終えると、祖母は大きな店へ持つて行き、一段いくらという賃銭貰い、その足で町の銭湯へ私をひつぱつて行く癖があつた。祖母と昼間の、すいている湯へはいり、出ると二階の広間にくつろいで、祖母はおきまりの天丼を註文する。誂えたものがきたところで、祖母は丼のふたへ、汁のしみためしをよそつて孫の前へ出し、天ぷらなどを、自分は上下丸きり歯のないドテだけで、もぐもぐやらかし始めるのである。喰えといつても、子供の私は、天ぷらのころもや魚が、どうしても口に合わなかつた。ある時、祖母の縁先へ、祭りでよばれ、そこの家でふるまわれた麦めしを、生れて始めてみる私は、まん中にすじのはいつた、色も白米と違つた、よごれた色している麦なるものにへきえきし、「このゴミをどこから拾つてきた」とむずかり、祖母や親戚の者を、びつくりさせたことがあつた。

竹次郎と艶は、日頃の取引先きである、神奈川や日本橋の魚市場を宿にして、孫同道東京見物に出かけたこともあつた。箱根・塔の沢の、自炊が勝手だつた宿へ、三人一緒に行つて、四五日滞在することもあつた。当時二十代だつた、父や母の愛情など、殆んど知ることなく、祖父母のそれに溺れ切り、私は私が十歳に、弟が生れるまで、過ごしたようであつた。

小学校への行き始めには、祖母がついて行つた。私が教室にある間、祖母は廊下に立つて、ちよいちよい窓ごし、トラホームのこじれた眼もとしよぼつかせながら、孫の動静をみまもるのである。授業中、小便催しかけ、親の病毒の祟りで、坊主頭に禿があちこちちらつく、頭でつかちの子が「おばあ——。小便」と、廊下の方向いて、どなる。教師も、生徒達もびつくりし、眼を丸くしているところへ、ゴマ塩頭の小柄な老婆がのこのこはいつてき、孫の手をひいて、教室外へ連れ出すようなことも、二三回あつたようである。夜自宅の大便所へ私がはいるときも、祖母は入口近く、いつも紙を持参、控えているのであつた。自分の子と云うものを、一人も生まなかつた商売上りの女は、孫によつて、その埋合せすると云うらしかつた。甘ッたれッ子は、学校の出来がよくなく、それでも落等するような目にあうことなく、二年、三年と進級して行く裡、知識慾がおそ蒔きながら出てきたものとみえ、五年、六年となるに及び、勉強に精出すようになり、殊に算術や、綴方や、地理を好くようであつた。六年卒業の折は、級で二番目と云う好成績であつた。続けて、上の学校へ行きたい、と子供心にも描き出したのである。当時、小学六年の次に、高等科というものが二年あつた。今日同様、六年卒業で、中学校へ入学する路順もあつた。私は、中学校へとは思わなかつたが、高等小学へと云う望みであつた。しかし、果して自分が、そこへ行けるかどうか、甚だ心配であつたのである。いつとはなし、貧乏人の子と云う、肩身の狭い自覚のようなものが、わがまま一杯に育つた私にも、植えつけられていたのだ。

元日、新年の式に、毎年木綿ながら紋付着て行くので、その朝もそれをと、母や祖母が箪笥のひき出し、あちこちあけたが、一向に見当らない。二人は溜息つき、顔を見合わせた。昨夜、即大晦日の晩に、私の紋服も大人の着物と一緒に、うつかり大風呂敷に包んで祖母が質屋へ運んでしまつていたのであつた。

盆と大晦日は、もの心つくに従い、幼少の私にも頭痛の種であつた。私の家の、重だつた得意先である、N屋にしろ、S屋にしろ、二期皆済《かいざい》というやつで、盆と暮でなければ、売かけ代金を、清算しない。月々、内金々々で、少しづつ支払つて、のこり分が盆や大晦日までに、相当な額にたまる。それをS屋の方は、総売り上げの何分かを、魚屋にまけさせ、きれいに勘定すますが、N屋は元来が三流の宿屋で、まけさせもしない代り、皆済ということもしない。毎年少しづつ、貸しがのこつて行くばかりという仕儀であつた。が、よくしたもので、魚市場の方にしろ、買つた魚代を、月々入れ、盆、暮二期にきれいにすませば文句出なかつたので、どうにか均衡保たれる仕組みながら、S屋から何分か天引されたカケを貰い、N屋から何がしの勘定とつてきて、両方を一緒にしても、皆済すべく魚市場へ届ける額に不足する場合が、再三であつた。その分の補いとして、また、正月迎える餅代や何かのための用意も含めた質屋行である。私のごく幼ない時分には、烏泣きと云つて、小金貸しから高利で金借りてきて、急場を間に合わせるようなこともあつたようである。父は商売にマメで、ノム、ウツの道楽もない堅人であり、母にしろ嫁にきてから好きな煙草が止められたほどの女、中々の働きもので、祖父母始め、自分達の小遣いなど、網すきや何かで稼ぐという、無駄のない、切りつめた一家の暮し振りでいて、竹次郎から金五十円に米二斗贈られた頃より、少しも楽になつていない、家の中の有様であつた。

向学心嵩じたが、私には中学生など、思いもよらなかつたのである。長男として、太次兵衛から丁度四代目の、魚屋たるべく、運命づけられたものと心得、少しも疑い挟まなかつたが、二年で出られる高等科へは、と未練残していた。

普通なら、母親にはかるべきを、ある日長火鉢で、きざみ煙草ふかしている、祖母に私はそんな希望や、不安をもらした。すると、案じたことはない、きつと行けるだろう、と彼女は私を慰め、力づけてくれた。生むが易く、私は高等科へ、首尾よく入学した。月々いくらと云う月謝（授業料）持つて行つたか行かなかつたか、今忘れてしまつた。高等科在学中、中風で腰が抜けていた祖父竹次郎が亡くなつた。よちよち歩き出した弟正次が、その枕もとへ寄つて行くと、祖父はぽかんとした顔つきで「この子は、どこの子だ」などと云い、二人目の孫の見境いまでつかなくなつていたようであつた。祖母は彼女に、日頃白い眼向けていた母も感嘆した位、病人の世話をよくしていた。

高等科を、あと少しという頃、父の旧友で佐藤某と云うのが、家へ出入するに及び、私の運命が一寸狂いそうな成行になつた。佐藤某は、魚屋の養子で、若い頃、父達と一緒に魚を担いで、箱根の山をのぼり降りした仲間であるが、バクチが好きで、それに深入りし賭場であるしくじりして、居並ぶバクチ打ちの手で簀まきにされ、海の中へほうりこまれるような目にあい、あやうく一命とり止めたが、養家を追われ、小田原にもいられなくなつたところで、台湾にいた長兄他頼《たよ》つて、高飛びということになつた。その折、旅費の相談に乗つたのが、私の父であつた。台湾に渡つた佐藤某は、始めは台北の公園のロハ台で毛布にくるまり夜を明かすこともあつたが、土木、その他の現場で、いろいろとえげつなく立廻り、約十年たつ裡には、小金をためていわゆる故郷へ錦飾るべく、引き揚げてき、父や母の前にも数々の土産もの並べた。母は、外地へ渡つてから、よこした彼の手紙のたばを、その者の膝もとへ置いてみせるような、まねしたりした。佐藤一家は、台湾の方は、ひと先見きりつけ、今度は朝鮮京城で料亭営み、相当成功している長姉のもとへ赴き、そこを足場にして、その地でひと働きする計画で、一寸足休めという形の帰省でもあつた。私の家を訪問する時は、いつもやわらかものずくめで、近所隣との目を奪い、友人の長男を、親のあとついで魚屋になつても、終生うだつは上るまい、自分が何んとか世話しよう、芽がふくように仕込んでみよう、と恩返し半分、切り出したのである。

外地で、見違えるばかり、色揚げしてきた友人の口説文句に、始めから太三郎は心動かすふうであつた。雪は、懐疑的だつたが、次男も出来たことだし、と終に服してしまつた。当の私は、もとより魚屋を固執するいわれもなく、東も西もさだかでないとしごろだつたし、別段前途に光明みる勝手でもなかつたが、その気となり、佐藤某のあとから朝鮮へ渡る決心した。高等科を卒業し、四月なかばに出立つと云うことにきまつた。

生れて始めて手をとおす、たもとのついた紺絣のキモノ、鳥打帽かぶり、大きな信玄袋背負つて、私は家を出た。祖母は、店先きにかしこまり、涙一杯ためて、孫の門出を見送つていた。電車の出るところまで、隣り近所の人もぞろぞろ、送つてくれた。父と、紀州粉河から小田原へ流れてき、魚屋している伯父と二人一緒に国府津へ到着、下の関三等列車に、自分だけ乗り込んだ。当時、熱海線はまだ開通していなかつたのである。

翌日の晩方、下の関へついていた。汽車を降り、連絡船へ乗るべく歩るき出したが、私のみつけたのは、ごく小さな、人数二十人かそこら位しか乗れそうもない汽船である。こんなのに乗り、あの玄海灘を渡るのか、と小さな胸は凍りつくようであつたが、それは間違いで、門司通いの船とすぐ知れた。方角違いの桟橋へ横づけになつていた、××丸二千頓級の汽船へ上り、船底に畳の敷いてある、広間みたいな場所の隅に、席をしめた。国府津から、差向いにかけてきた、鳥打帽の青年が平壌まで行くとあり、私には恰好な道連れで、船の中もその人と隣合せていた。

思つたより、玄海灘に波がなく、夜の明け方、水平線上に細長くのびる、対馬の島影まで眺めたりして、その日の裡、釜山に上陸した。始めてみる、広軌鉄道の線路の幅に、私は驚いたものである。

黒い冠かぶつた鮮人達などにまじり、京釜線を約一日、京城の南大門駅でおりると、集札口に、和服姿の佐藤某が、例のごときニコニコ顔で、待つていた。彼は、高等二年卒業した時の成績順など糺したりして、その住居としている旭町の料亭へ、つれて行つた。子供達は皆、小田原へ置いてき、彼の女房は、姉が経営している料亭の女中のような役していた。そこへ厄介になつていること約一週間、佐藤の世話で、私は総督府からの辞令をうけ、日給三十銭雑役夫と云う名目で、京城から近い、漢江に大鉄橋架ける工事場の、事務所で働くことになつた。佐藤のつもりでは、一二年土木現場のメシを喰い、その後東京、早稲田の工手学校へ上り、ゆくゆく技手となる。彼の外地仕込の経験から割り出し、土木事業に関係するのが、一番ボロい、出世の近道という計算である。工手学校には、夜間部もあるので、朝鮮にあつて、今日で云う特技身につけて置けば、昼間働きながら、夜学んで、技手という肩書もとれる。全く、どつちころんでも損はない、という彼の見当であつた。近い将来、東京へ行つて、そんな学校へはいれる、というのが、わざわざ朝鮮まで私を赴かせた張合いでもあつたのだ。

漢江の畔には、総督府の技師、技手の詰めるバラックが建つており、同じ棟の隅に、これも総督府づきの工夫、雑役夫、小使、給仕、監督等のたまりがあつた。現場の架橋工事は「間組《はざま》」と云う請負会社が仕事を進めており、総督府側は謂ばその中枢機関のようなものであつた。

霜降の詰襟の服着、縫上げの靴はいて、測量器や、杭担いで、技手のあとへ従うような仕事であつた。歩いて往復三十分以上かかる、漢江の本流の水位を、一時間毎、そこへ立つている棒の日記しで、読んでくるような日課もあてがわれた、河原のあちこちに、大きな橋脚が並び、その根を潜水服着た工夫が水中に潜つて掘つていたり、鮮人のヨボ達がおかしな「よいとまけ」唄いながら、杭打ちする様もあり、始めのうちは、ただただもの珍しく、上役にひき廻される仕事始め、苦にならなかつた。

夜は、監視のWと云うのと、バラックの三畳に寝泊りしていた。Wは半白毛のいい爺さんで、京城に妻子を置き、事務所で夜間も監視とある職掌がら、暮すように云い渡されていた。私が、そこへ割り込むようになつてから、彼はこつそり夜更に、京城の妻子の許へ立ち廻つたところ、翌日それがバレ、ひどい大目玉を、役人から頂戴したりした。山口県人で、内地では長年巡査をしていた由であつた。事務所の人、全部帰つてしまうと、彼と私は米をとぎ出し、ニュームの弁当箱へ入れ、土間にきられた炭火へ、かけるのであつた。でんぷ、牛肉の煮もの、その他が小田原から送られてきていた。一週間に一度は手紙をよこせとか、上役の人、お仲間には云々と心がけのほど細々さとしたりして、一緒に三銭の郵便切手を沢山入れた母の手紙が、届きもした。小学を満足に卒えていない女の文字は、毛筆にしてもひどくたどたどしく読みづらいものであつた。

副食物に、野菜類を欠きがちで、私はもののひと月半たつかたたない裡、脚気をわずらう羽目になつた。一時、佐藤某のいる料亭へ引揚げたが、両方の脚が丸太ン棒のようにむくんで、どうにもならなくなつた私は、又信玄袋と一緒に、きた路を逆戻り、途中間違いもなく、国府津まできてみると、弟をおぶつた父に、紀州産の伯父が、プラットホームへ迎えに出ていた。小田原まで、電車で行きそこから人力車に乗せられ、表てがセメントの流しになつていた家についたが、再び私は起き上ることの出来ない状態になつてしまつた。すぐ医者が来、そばに控える母などは、眼をまつかにし、かつてない優しい声で、何かたべたいものはないか、と云う。当人は、家について、気の張もうせ、いつぺんに四十度近くの高熱発して、意識も既におぼろげであつた。こんなにひどくなつているのに、一人きりで遠いところ帰して寄越した、佐藤某の仕打ちを祖母は怒つたりした。実際、もう一日遅れていたら、私は小田原まで、無事に帰り着けなかつたかも知れなかつた。

心臓がもつて、危いところ助かつたが、私は腰が抜けたなり、秋がきて涼風たつまで、約四ヵ月近く、床の中で暮していた。脚気には、それが一番と、幼時どこのゴミだとケチつけた覚えのある麦めしばかり、二度三度、祖母の給仕で、たべた。副食物は、おもにじやが芋であつた。大小便のときは、父が私を背負うようにして、便所まで連れて行つた。朝鮮からもつてきた、五円ばかりを、祖母にそつと預けてあり、時々雑誌などを、彼女に買つてきて貰い、私は寝ながら読んだりしていた。病気が快方に向つて、杖つきながら、防波堤位まで歩いて行けるようになるにつれ、小学六年終る前後には、思つてもみなかつた、中学校入学のことが頻りに私の心を捉え出したのである。こればかりは、祖母相手では埒明かずと、父母の前で、私は云い出すようになつた。うつかり、友達の口車にのり息子を朝鮮くんだりまでやつて、ひどいめにあい、少なからず金銭上の打撃もうけた父は私の申出を却々容れようとはしなかつた。魚屋の悴では分不相応な沙汰と、一蹴しがちであるのに反し、母の方がこの話には前と違つて最初から乗気を示し、近所に下宿している中学生の部屋を訪問したりして、学資その他のこと、根ぼり葉ぼり、きき糺すようであつた。はたのものに動かされ易いたちの父は、とうとう根負けし、折れてしまつて、一つの条件出し、苦学してでも行きたければ、中学へ行けというのである。うちから歩いて、二十分とかからない中学行の費用より、隣り近所の聞え、長年の出入先であるS屋、N屋の思惑・手前を慮《おもんぱ》かつた、肝も頭も古くて小さい父のせりふらしかつた。事実息子を中学へなど出して置く魚屋も、小田原には殆んど例がなかつたのである。そこで私は、新聞配達という仕事を探してき、始める段取りになつた。朝刊、夕刊の二回配達で、朝は薄暗いうちから起き出して行き、最初の裡は新聞紙を手早くきちんと畳むのが大変で、百何十軒と云う家へもれなく配達するのも相当骨の折れる仕事だつたが、目の前に控えた中学行は、すべての苦労辛さを忘れさすに十分であつた。たしか、月六円位の給料得ていたかと思う。いよいよ、入学試験にあとふた月と云うところで、私は私塾へ通い出し、準備にもとりかかつた。

試験には、無事通つて、私は二十何番かで小田原中学の一年生に、入学することが出来た。既に牧野信一氏は同校を卒業後であり、尾崎一雄君も私のはいつたのと入れ換り卒業し、同君の弟虎男君と、私は一緒だつた。朝新聞を配達し終わり、家へ帰ると新聞社のはっぴをぬいで袴をつけ、真鍮のキ章ついた丸帽かぶつて、八幡山上の校舎へ出かけるのである。校舎は、大正十二年の大地震にも、今度の戦災にもまぬがれ、大体昔どおりの面影を現在とどめており、中学が高等学校と看板を変えた迄である。

父親から間接に貰つた禿同様、母親ゆずりの痔もちである私は、寒中地下足袋で雪の上でも飛び歩いた祟りか、出痔をわずらい始め入学後ふた月位で、新聞配達の副業やめにした。父は、苦がい顔したが、ついでに中学もやめ、魚屋しろとは云い出さなかつた。

一寸、うかれるような気分で、出来てきた新調の小倉の制服着たりして、通学する裡、祖母が病気になり、老衰病の類いで、あつけなく死んで行つた。かつて、私を連れ子みたいに云つて、戸籍面ずらせたこともある祖母艶に、母は相当行き届いた看病し、ろくな世話しようでもなかつた私をつかまえ「お前はあんなに可愛がられたのに」と、非難の口利いたりした。私のつれなさ恨むが如き眼で、祖母は私をみていたこともあつたが、口に出してはそれと云わず、死ぬまで「長公、長公」と、孫を呼んでいた。

中学一年の一学期に、私は一番と云う成績を、かち得た。百数十名からいた同学生中、高等科を卒え、一年無駄してきた私は、一番の年上、そろそろニキビ臭くなる顔形でもあつた。身長は、私より高いのもいたが、どれもとし下の雛ッ子みたいで、こいつらに負けてなるものかと、新聞配達までして行きたがつた私は、モリモリ勉強し、まんまと金的を射、気をよくしたことであつた。一学期の終り、父兄会のみぎり、受持ち主任は父を呼んで、あれはあんたの本当の子か、などと怪しむ様子みせたそうである。とんだ恥さらしとも、大面目とも、何んとも云いようのない次第で、父は教師の前をひきとつたらしい。

夏休みは、毎朝家の手助けで、大きな籠担いで、父や奉公人の若者、小僧連と一緒に、魚市場へ出かけた。時には、草鞋穿いて、湯本から魚担ぎ上げる行列に加わることもあつた。夏場のひと月は、年に一度の書入時で、折りも折、第一次世界大戦の好景気時代、成金輩出時代になりかけ、盆や大晦日に、私の紋服まで質屋へ運んで急場凌ぐようなことはいらない程、商売の方が追い追い忙しくなつていた。

九月にはいり、又学校通いが始まつた。二学期になると間もなく、私は上級四年生の池田某と、ふと交りを結ぶようになつた。池田は、小田原で余生送つている牧師の末子で、としは私とそう違わないが、ニキビふき出した顔に薄化粧施し、口の利き方も女性的と云いたい位やさしく、当時文壇の檜舞台だつた「中央公論」などの創作欄にも目を通す、文学少年であつた。だんだん、学校の帰り、一緒になるようなことが度重なる裡、池田は私を郡立の図書館へひつぱつて行き、ドストエフスキー、トルストイ等外国文学の飜訳まで読ませるようなことを始めたのである。池田と交際する前、この世に「文学」なるものが存在するなど、つゆ知らなかつた私は、よく解りもしない癖に、好奇心半分、学校の帰りは必ず図書館へ寄り、内外の小説本、むさぼるように読み出していた。図書館の備えつけで足りず、と云つて古本買う銭はないままに、屑問屋の倉庫へ行き、頭からほこりかぶりかぶり、古雑誌（主として文芸雑誌類）を屑の中から探し出し、五六冊いつぺんに縄でしばつて、一貫目五銭位で買い、鬼の首でもとつたように、いそいそと下げて帰るようなことも覚えた。その頃の文壇は、自然主義が漸く下火になりかけ、荷風、潤一郎の抬頭期であつた。

池田と同学年の、荒井、浅井、堀と云つた連中に、一年生では私だけが加わり「白楊」と名づける廻覧雑誌出す運びとなつた。表紙は、水彩画を描いた木炭紙で、中味はとりどりの原稿用紙、各自小説めいたもの、感想めいたもの、或いは詩や歌みたいなものを書き寄せ、しまいに五六枚、読後感記す部分もとつついていると云うような代物であつた。すすめられるまま、私は朝鮮漢江畔での感傷を、得体知れぬ小説風に仕立て、赤インキで書いたりし、悦に入つていたようだ。

「白楊」は、順番の編集で、毎月出て行つた。その為め、教室での勉強に身がはいらなくなり、うちへ帰つての復習・予習も怠りがちの、二学期末には八番という成績に下つたが最早心が「文学」の方へ傾いている私はそんなこと大して気にかけずにいた。

としが変り、三学期となつて、なかばごろ、その日も例の如く、私は学校の帰り、丘を背負つた、小さな木造建の図書館へ寄り、背中に金文字入りの、分厚な辞書を借り、中の「文芸概論」の項読むうち、読むだけではもう足りず、ノートとり出し、一字も見のがすまじと、こばから筆記し出した。する裡、短かい冬の日は、暗くなり出し、閉館のベルが鳴つた。が、まだ、半分も写していない。また明日ということもある筈なのに、どうした気の狂いか、館内に人の気ないのを幸、私はのこりの部分数ページを、バリバリ捞りとり、鞄に入れ、こつそり図書館を出て行つた。

それがみつかり、中学へ報告され、職員会議の結果、私は退校処分にきまり、三学期末を待たず、学校を追われる羽目となつた。

2

中学を追われ、私は生れて始めて、メシがのどを通らぬような思いを、経験した。父も、参いつてしまい、朝起きて、市場へ行く張合がなくなり、母は母で、息子の不始末を嘆き悲しみ、身も世もないという様子である。兎に角、家には置けぬとあり、母にともなわれ、筒袖棒縞の着物、角帯しめ、朝鮮へもつて行つたことのある信玄袋背負い、母の義妹がとついでいる、横浜の理髪店へ、連れて行かれた。そこの世話で、同じ市内の金物店へ、丁稚奉公にはいることとなつた。

広い通りに面した、総二階の間口七八間ある大きな店で、番頭・小僧数人いた。夜分は、店先にのべる煎餅蒲団に眠り、起きると、膳箱に向つて、毎朝塩辛い味噌汁麦飯と云つた食事をする。車ひいて、濠割り近くの問屋から、鉄材を運んできたり、得意先である鉄工場や造船所へ、そんな類いのものを届けに行く。まるきり頭のいらない骨折り仕事であつた。そうした明け暮れを、いやでたまらないと云うような気にもなれないほど、中学退校生の私は、ぺちゃんこになつていたもののようである。

そうこうして、み月よ月する裡、夏がき、私は又脚気になつてしまつた。朝鮮の場合とよく似た寸法であつた。私は小田原へ連れ戻されたが、金物店ではあまり居て貰いたくない小僧のようであつた。

涼風がたつに従い、健康を回復したところで、今度はいよいよ、代々の魚屋の跡目嗣ぐべく、私は余儀なくされていた。毎朝、魚市場へ出かけ、素足に草鞋を穿き、魚を担いで箱根の山坂を登り降りする成行きとなつた。

当時は、第一次ヨーロッパ大戦で、成金と云う輩が、日本国中にばつこした好景時代で、家には三十代二十代の使用人、十代の小僧等四五人おり、商売の暇な冬枯れ時にも、三四人はいて、一番とし下の浜之助と云うのは、私と同いどし、母の遠縁に当るもので、彼が草鞋を穿き出したのも、私と殆んど同時であつた。浜之助と私は、同じような小さな草鞋、小さな魚籠に、短かい天秤棒担いで、毎朝山を登るのであつた。

今日の如く、強羅まで電車が開通していず、山腹にハッパかけ、土方がトンネル掘つたりの工事中で、麓の湯本迄しか、行つていなかつた。湯本から、塔之沢を抜け、段々道は急になり、大坂、姫の水の坂と登つて、大平台を過ぎ、宮の下、底倉へとはいつて行く。私の家の得意先の旅館S屋は宮の下、N屋は底倉で、湯本から担ぎ通しで、約一時間半かかつた。

カラ身で行つても楽な山道ではない。まして、魚を担いで、途中ひと休するのは、姫の水の坂を登り切つたところにある、掛け茶屋で十分か十五分位、くつろぐだけである。浜之助も私も、数えどし十八才にしては、背の低い方で、夏場には四十五人、冬場でも二十人近く大小一列縦隊に並んで、サキタ、ヨキタと掛け声かけ合い、山道を登る連中に伍して行くに、文字通り泣く思いであつた。中途までは、どうにかついて行けるが、手を立てたような、間道でもある姫の水の坂にかかると、きまつて一同から遅れてしまう。暑い時は、手拭で拭つても拭つても、汗がたらたら眼に落ちてきて痛い。呼吸が激しくなり、ハアハア大きな息を吐くようになる。遅れてはならじと、一隊のどん尻で、手拭の端嚙み嚙みついて行くのだが、姫の水の坂が無事にそれるまでには、半年以上の修練が必要であつた。天秤棒で肩の甘皮がすりむけ、血がふき出して、シャツをまつかにしてしまつたことも、何度かあつたようである。

しかし、馴れて、皆に負けず担げるようになつてみると、労働にいとわしいと云うよりいつもその反対のものに、受けとれるようであつた。汗水たらし、姫の水の坂を上りきつたところでほつとし、間もなく着いた掛け茶屋で、氷水や甘酒のんだ味は、今に忘れられない。

帰り道は楽であつた。商売を終つて、担いでいる籠は、空つ籠の軽さ、行きがけより小人数になるが、大抵五人八人と落ち合い、雑談したり、民謡など唄い合つたりして、のんびり大平台、塔之沢と、くだつて行く。多く二十前後の使用人で、旅館の女中の品定め、女郎屋の話なども出がちであつた。

非力な私も、一人前の荷（十六七貫）が担げるようになつて行き、魚市場で、父の代りセリ売の魚も、ガレンだ、ダリだ、と符調云つて、どうにか買えるような術も覚え、旅館の主人側や板前等にも馴れて、この分ではと父始め、使いものになると一安心したらしい。当人にしろ、蛙の子は蛙の子と云つたふうに、魚屋渡世を格別不足とするのでもなかつたが、「文学」なる禁断の木の実の妙は、一度口にしたら忘れられないものとみえ、商売の万端、一六身につきかけると共に、私は又小遣銭で「文章世界」「新潮」と云つた当時の文芸雑誌を、買い出し始めた。忙しい、春、夏、秋は頗る余裕なかつたが、紅葉が散り、山に木枯しが吹く頃から、翌年の花時までは、十分に文学書に親しめ、その勢嵩じるところ、魚屋として一生を終るのが、奴レイの生涯のように味気なく思いなされ、どうしても文学者たらんというほどではなかつたにしても「山のあなたの空遠く」の憧憬やる方なく、二十の始めに、S屋の売りかけ代金のうち、二百円を懐中し、山を降つて小田原へは帰らず、S屋からその儘方角換えて、木賀、宮城野へ廻わり、明星ケ岳を登り始めた。漸く頂上へ辿りつくと、夕日が赫く富士の肩へ沈むところで、それからは路もあやめも解らぬ薄暗い山肌を、かまわずかけおりて、脛をバラッかきにしたりして、平地へついてみると、満月が上りかけていた。その夜は、小田原の町端れの木賃宿に一泊、国府津から汽車に乗つて上京、車中新聞の広告欄に血まなこ注いで、ガソリンスタンドの販売員募集とあるのを、恰好なものと承知し、品川から電車に乗り換え、代々木で降りて、文通のあつた荒井工夫君の下宿を訪ねた。同君は、中学の頃「白楊」を一緒にやつていたことのある仲間で、一橋商大に通学中であつた。現在、日石の重役している由だが、その折は生憎下宿にいず、帰りを待つ間に、近くの蕎麦屋へはいり、かけだか喰つて、そこの店から紙筆等借りうけ、店先にしやがんで、生れて始めて、履歴書と云うものを書き出した。そのさま、のぞきこんでいた蕎麦屋の子供が怪しみ「乞食か」とか何んとか云つたのを覚えている。下駄こそ栓の新しいのを穿いているが、棒縞筒袖の袷に、道行きと云う上ッ張りひつかけ、ぼうぼうとのびた頭に帽子もかぶらないふうてい始め、子供にはそんなにうつつて当然だつたろう。

大急ぎで、履歴書綴つて懐中し、店を出て、荒井君を訪ねると、今度はいて、角帽に金釦《ボタン》の同君と共々、まつすぐ赤坂溜池の、洋館二階建のガソリン店へ赴いた、面接の結果、保証人に人を得たせいか、すぐ採用、住込みで日給五十銭ときまつた。仕事は、市中各処にあるガソリンスタンドの番人で、乗りつけてくるハイヤーなどに、ポンプ仕掛けのガソリンを供給し、代金をうけとる、ごく簡単な役目であつた。翌日から、私は虎の門近くの部署を受けもたされたが、商売はごく暇で、傍の小屋にぽつねんとかけている方が多かつた。これなら、好きな本も十分読めると、それを張合とも慰めともしたようである。

ところが、三日と続かなかつた。小田原から、私の出した通知受けとり、紀州生れの伯父が、飛んできた。早速、家へ連れ戻され、父の前に不心得を詫びさせられた。五十前なのに、総義歯だつた父は、私が家に居なくなつてしまつたら、按摩が杖をとられてしまうも同然、とひどく心弱いこと並べて、口説たてた。弟も十才になつていない。母まで、泣きッ面みせる始末に、私も折角上げかけた腰が、根こそぎ砕かれてしまつた。持ち出した二百円の金は、いくらも減つてはいなかつた。

また、草鞋を穿き、魚を担いで、あの山坂登り降りが始まつた。父は魚の買い出し、魚の値記す帳面いじり等熱心であったが、担ぎ仕事は勿論、旅館側との直接折衝等はすべて使用人まかせ、月に一度か二度得意先へ顔を出し、主人や板前と口をきいてくる位であった。世辞もなく、商才にも乏しい、実直であくどい儲け方しないという、石ころのごとく硬いところが、唯一の取得のようで、これを旅館側では重々得としていた。太次兵衛から始まつて、三代目の小商人である筈なのに、一向商人らしい羽根をのばせるような人物ではなかつた。

第一次ヨーロッパ大戦の好景気も、追々下り坂になり、書き入れの夏場でも、臨時に人をふやすようなことがなくなり、外に使用人も一二いたが、私と浜之助が、主人として商売先のかけ引一切を受けもつような工合となつて、その頃でも、魚類の使用高では箱根第一といわれたS屋が、私の受持ちに廻つてきた。祖父の代あたりからしきたり通り、S屋は依然として、支払い方面は、月に何度か内金内金で済まし、盆、暮二期に総売上げの二歩か三歩、天引して皆済するやり口で、判取帖片手に、天津髭生やす老主人の顔色みいみい、内金要請の苦労も、私は味い始めた。それより、景気が降り坂に及ぶや、S屋では仕入方面にも神経質になり、それまではすべて板前の註文を魚屋が直接うけて、翌日それだけの品数揃えて、台所口に担ぎ入れ、値段は帰りがけ、向うの帳面へ記してくるだけでこと足りたのに、板前と魚屋の中間へ、S屋が割つてはいつて、板前が百人前と註文出せば八十人前と内輪に若主人は魚屋へ電話するようになり、或は担ぎこんだ魚の貫数を目の前で勘定させたり、この魚は古いの新しいの、又は高いの安いの何んのかのと、素人のくせに、みみつちい口出して憚からない。若主人が、台所口へ飛び出すようになつてから、多年いた一寸男気のある板前は、立ち合いを止めて顔をみせなくなつてしまい、私はひとり懸命になり、近視鏡かけて、やけにバットをふかす癖のある若主人に立ち向い、担ぎ込んだ魚が、鯛一枚でも突き返されることなく、S屋へ納まるべく、努力するのであつた。若主人の眼を無事通過すると、魚は料理場の前に運ばれ、水の豊富にこぼれるあたりで、鱗が落され、腹があけられ、車海老の頭はもがれたりして、あとは板前がほう丁入れればいいまでに、始末される。その下仕事も私の役で、夏場など、午《ひる》めしを台所の隅でかつこむのが、午後の三時、四時に及ぶことも珍しくなかつた。その午めしは、ずつとS屋からふるまわれてきたのだが、S屋にいる番頭、男衆の苦情もあるから、爾後《じご》は弁当を持参せよ、と云い渡される仕儀にもなつて行つた。

登山電車が、強羅まで開通し、魚屋達は皆々、荷と一緒に乗るようになつた。従つて、坂で汗水しぼる苦労はいらなくなり、体の方は大変楽になつたが、労働の快感と云うものも、とり上げられてしまつたのである。結局、市場で仕入れた魚を、電車に乗つて、それぞれ得意先へ運んで行くだけの仕事に変り、私には毎日が、いよいよ詰らぬものになつた。その空虚を埋め合わすべく、前に増して文芸雑誌、当時新潮社から盛んに刊行されていた、露、仏等の飜訳小説を手にとるようになり、往復の電車の中で、トルストイなど読みふけつたりした。書く方も、時々は試みて、わざわざ海岸に上つている船の中へはいりこみ、板子に原稿用紙を拡げ、ペン走らせるしぐさに及んだりした。父は、前々より、私の読書癖、わけて原稿用紙に向う図を、目の敵のように心得、だから商売に身が入らぬのだと、書きかけの草稿ひつたくり、目の前でピリピリ破いてみせるようなこともした。さかれれば一層熱くなるのは変愛の場合と同じで、父に隠れ、読み且書くことで、私は自分というものを、やつと持ちこたえていたようである。「文章世界」の文士録に、その名の出ている人が、小田原に二人いた。牧野信一氏に福田正夫氏であつた。尋ねて、書いたものをみて貰つたり、文学談などききもしたいと、文学青年らしい気になつたが、手づるはなし、根が人みしりの多いたちとて、そのままにしていたところへ、ふとしたことから、瀬戸一彌君と知り合うまわり合せになり、私の運命に決定的な展開をみる端緒となつた。

瀬戸君は、土地で一二と云う弁護士の息子で、中学の上級生、としも同じであつた。同君は、近在の小学校の教師をし、既に「農民の言葉」と云う処女詩集で、詩壇に名の出ている福田氏及び、そのグループの人とも往来あり、彼の口ききで、私も福田氏に近づきを得た。その瀬戸君に、後日映画監督になつたが早逝した三枝信太郎君、現在読売新聞の政治部次長である古田徳次郎君等、当時いずれも中学生だつた面々と一緒に「土の叫び」という、私には二度目にあたる廻覧雑誌を始めた。各自の原稿綴り、木炭紙の表紙つけたものを、福田氏が一々目を通し、批評の労をとつてくれたりした。その三号目が出る直前、私は又もや、S屋から取つてきた内金の二百円を着服し、親にも誰にも無断で、小田原を出奔し、神戸の賀川豊彦氏をたよつた。同氏は「死線を越えて」により、文名とみに上り、この人をと、一通の紹介状もなく、その地の貧民窟へ尋ねたのである。眼をわずらつて、眼鏡かけていた氏は、ふうてい始め怪しい、ニキビだらけの私を、ろくに洗い終すような口もきかず、その日から置いて呉れた。蜜柑の空箱に、一杯洋書など詰つている。二階の狭い部屋で、焼餅などご馳走し、暫私の様子をみてみると云う、至つて鷹揚な扱いであつた。が、絆を切られた凧のように、ふらふら神戸くんだりまでやつてきた私は、二日と貧民窟の教会にいること出来ず、また汽車に乗り、小田原を素通りして、東京へやつてき、本郷赤門前の露地をはいつた、むさくるしい、薄暗い下宿屋へ、ひと先落ちついたのである。そして、郊外の牧場を訪ね、牧夫になろうとして果さなかつたり、浅草六区を徘徊したり、神田へんの古本屋街へ出かけ、好きな本漁つたりして、約一週間後、下宿を引揚げ、最早小田原へ帰るよりせんなしと観念したが、流石に家の敷居がまたぎにくく、途中横須賀行に乗り換え、終着駅からバスで浦賀へ赴き、夜の港の灯眺めたりして、死を憶うようであつたが、更にらちもあかず、全く行き暮れ果て、深夜の小田原へ舞い戻つてきて、わが家の裏木戸あけ、しのび入つて、雨戸たたいた。もの音に、父が眼をさまし、戸をあけるや「泥棒だッ」とか叫び、しよんぼり暗いところに佇んでいる私を、それとは知らず一度突き飛ばした。よろけながら「俺だよ」と、私が小さな声で云つてみせると、父は半身のり出し「おお、長か」とのどにつかえるようなもの謂し、いきなり私を抱きしめ、持ち上げるようにした。

この事あつて、父も母も、私と云うものに、よくよく匙を投げ出したらしい。登山電車が開通以後、それまでの草鞋を地下足袋に換え、私の山行きはまた続いたが、性こりなく読んだり、書いたりしているところをみても、親共はさのみ口やかましい文句吐かなくなつた。好きなようにさせて置くより仕方ない、長男は死んだも同じものと諦めつけた如くであつた。弟も、既に十才になつており、浜之助はずつと居ついていて、好景気の下火となつた昨今の商売では、夏場や花時紅葉シーズン以外、浜之助一人の手で、結構間に合うようでもあつた。浜之助が二十一才、私が数えどし二十二才に、徴兵検査を一緒にうけたが、私の方は第二乙種、彼は甲種合格。父の落胆、いまいましがり振りは、今でも目にみえるようであるが、クジのがれで浜之助は兵役免除になり、父はほつと一息という恰好であつた。得意先へ行つても、殊にS屋の老主人などは、浜之助を信用し、魚屋の息子らしくない、世辞のないところは親ゆずりだが、頭髪を煙突掃除の道具みたいにのばしたりしている私を、得体の知れぬものと段々煙たがるふうであつた。

S屋の女中で、三つばかりとし上の、熱海生れの女に、ほのかな初恋めいたものを覚えたが、あつ気なく幕となり、先方はS屋へお出入りの男前で腰の低い、呉服屋の番頭と程なく一緒になり、彼等は今日でも、小田原の商店街で、小さなガラス店営んでおり、既に孫など抱いたりしている模様であつた。

神戸まで、行つてきたりしたのち、やはりS屋の女中で、近くの発電所でそこの番人している者の娘に、私は心ひかれ出した。とし頃も同じ、小さな眼がさかしげな、色の白い、背のすらりとした女振りの、これとS屋の、裏の流し場で、向うは洗濯、こつちは魚箱洗いと、手許相方動かしながら、甘いことを語り合つたりしたが、ついに実を結ぶに至らなかつた。彼女は、文学者たらんとする私の下心を受けつけず、神妙に親のあと嗣《つぎ》たれ、と云いはるようであつた。好きな女より、私には文学なるものが、ずつと値打ちあるようであつた。その裡、私のS屋へ現われる度数が次第に減つたりして、彼女はさる料理人と結婚したが、この頃になつて、何十年振りかで、白毛のまじり出した彼女に、時々往来でぶつかつたりしている。が、どちらも昔忘れたような顔つきで、通り過ぎるばかり。娘と覚しいのと並んで、彼女がやつてくるところも、二三回みたりした。

福田正夫氏が、そのグループ挙げて、詩雑誌「民衆」を発刊するに当り、私も同人に入れて貰い、短かな詩を発表した。氏は、小学校の教員しながら、詩作のみならず「未墾地」と云う長篇を、上梓したりして、並々ならぬ活躍振りであつた。私も刺戟され、自叙伝風の長篇を書き上げ、同氏にみせると、氏はこつちの望み通り、東京の大きな文芸出版社に、持ち込んで呉れた。結果は不首尾であつた。それにめげず、小説や詩の試作続け、魚屋の方は、忙しい時の外、滅多に天秤棒担がなくなつてしまつた。

「民衆」は五六号で潰れ、約半年後、私は自作の詩二十篇近く集めた、表紙も何もない、ごく粗末な詩集を、どうにか金工面し、町の印刷所で作つた。「民情」と名づけ、五十部ばかり出来上つたが、反響も何もなく、多くは知人にただで呉れたようである。同じ頃、当時中学生だつた北原武夫君と知り、二人で五円ばかり出し合い「夕暮」と云う薄つぺらな雑誌を印刷してみたが、これは一号きり、あとが続かなかつた。いよいよ、そんなふうなていたらくで、私に魚屋になる気なしと読んでか、母はたもとのついた、紺絣の着物に羽織など、着せたりするようであつた。

折から、加藤一夫氏が来原《らいげん》し、町端れに家族と棲うようになつた。福田氏を囲むグループは、当の福田氏始め、門前に控える私服の眼もかまわず、そこへ出入りし出した。加藤氏は、その頃大杉栄と並んで、好景気退潮から経済恐慌時代にはいり、ほうはいとして起つた左翼風潮の世に、一方の旗頭役として立ち、小説・評論類もかけば「自由人」と云うアナアキズムに近い団体つくり、同名のリュウフレットなど出したりして、中々の勢いであつた。福田正夫氏の、ホイットマン・トラウベルを師とした民主思想の影響を、かねてうけていた私は、加藤氏に依つて、同氏の行動性ある思想に相当かぶれるところあり、読んだり書いたりの世界から、ひとの集る場所で、宣伝のパンフレット売る一人になつたり、演舌会のビラはり役を買つて出たり、豚箱へひと晩たたきこまれるめにあつたり、と云う方向に変つて行つた。S屋では、そんな私の出入りをはつきり拒否してき、私服が家へ行つて、親共をおどかしたり、いろいろし始めた。頭は、古い封建的な義理人情で一杯な父は、私を憎むより先、ただただあきれかえるばかり、正面から怒るのもソラ恐ろしいらしかつた。いつそ同じ屋根の下で暮すのを、うとましがつたが、浜之助が商売をやつていてくれる、弟の正次も段々大きくなる、お前は親の肩身を狭くさすより能のない、不肖不埒な子だ。出て行け、とまでは、口に出し兼ねていた。

加藤氏の身辺に、ある種の間違いが起つて、氏は急に東京へ戻ることとなつた。その機を心待ちしていたかの如く、私は氏の書生格にして貰い、上京する運びとなつた。母の情けで、着換えなどひと通り詰まつた柳行李に、木綿の蒲団も整えられたが、父は私に金拾円より与えなかつた。それも、彼にすれば、さしずめ盗人に追銭と云うつもりであつたろう。心の底まで、凍りつくような、父と子の対立をキモに銘じながら、私は加藤氏につれられ、東京下戸塚の借家へ落ちついた。先玄関に、ニス塗りの小さな机据え、玄関子と云う恰好であつた。ふた月目には辞して、近くの下宿屋へ移り、爾来今に続いている、売文生活にはいつたものの、魚を売るに百倍した原稿売りの難《かた》さ加減であつた。

加藤氏の紹介状や、名刺懐中に、新聞社・雑誌社へ、雑文、少年もの、童話類まで持ちこむが、十に二つも金に換えられぬ有様である。おちおち小説の試作などしている余裕とて、なかつた。越したその月から、下宿屋の払いが満足に出来ずじまいであつた。

「種蒔く人」は、既に発刊されており、同誌がボルシェビイズムなのに対抗して、アナ的な思想を大根する「熱風」と云う雑誌が出る運びになり、加藤氏始めそのグループの人数を主体とし、第一回の下相談かねた同人会が開かれた。同人の末席に、私も一枚加わり、その席上で岡本潤を知つた。彼は、私より一つとし上の、数え年二十四才の青年で、妻子あり、日本橋際なる大倉書店に勤め、辞書の編纂手伝つて、僅かな月給にありつき、金にならない詩を時々発表していた。眉目秀いでた中々の美男子で、こよりの紐つけた紺絣の羽織ひつかけ、色のやけた吊鐘マントをかぶつていた。ふた月目には、早々下宿屋からメシとめられるような雲行きながら、初上京に意強く、意気旺んな私は、岡本君と二三回逢う裡、ひとつ詩の同人雑誌を出そうではないか、と持ちかけた。話に飛びつくごとく、特定の発表機関もたない彼は、早速乗り気を示し、二人一緒に京橋桜橋近くの飛行少年社を訪ねた。子供の雑誌編集し、傍、新式な詩作を続けていた萩原恭次郎君はいて、二人の誘いに、これまた一も二もなくのつてき、外に誰かと云うことになり、岡本だか萩原だかが、壺井繁治君の名を挙げた。同君は、早稲田を中退し、目下田山花袋全集の校正しながら、矢張詩作を発表してい、小さな詩集一冊持つており、その詩集を読んでいた、前記の二人の裡どちらかが、是非彼をと持ち出したようであつた。

岡本君が、九州五島、萩原君が上州前橋、壺井君が讃岐の小豆島、私が小田原とそれぞれ産地を異にし、生れ育つた境遇もまちまちだが、左翼思潮を背景にして、何等か自己を主張したいと云う、アナーキーな考え方は一つにしているところから、話は纏り易く、頭数もたつた四人故、ことの運びに手がかからず、すらすら詩稿も揃つて、萩原・壺井がそれをかかえ、麴町の有島武郎宅へ出かけた。有島氏は、ざつと詩稿に眼をとおし、今金はないが、これをもつて柳宗悦のところへ行け、望み通りの金を寄越すだろう、と書斎にかかつていた油絵を、額縁ごと呉れた。その脚で二人は柳宅へ廻わり、五十円を手にすることが出来た。それを元手に「赤と黒」第一輯が世に出た。

追つかけ、第二輯が印刷されたが、五十円をそつくり第一輯で使い果していたので、全文八ページばかりの、みる影もないものであつた。皆々、金に縁のない連中であり、みかねて萩原と机を並べる、「飛行少年」の編集長が、三輯目にはいくらか寄付してくれたりした。が表紙に「詩とは爆弾である。詩人とは牢獄の壁を破る黒き犯人である」と壺井の筆で、スゴ文句が並べてあり、詩壇の新風とし、又時好に投ずるところもあつて「赤と黒」は可成注目されたが、第四輯を出すと、それきり資金難で、沙汰やみとなつてしまつた。

その頃、本郷肴町に、南天堂と云う書店があり、二階が酒ものます喫茶店を経営していた。文字通り、喰うや喰わずの日常に追いやられ、戸塚の奥から、本郷まで出向く電車賃だに、ままならぬところから、私はあまり南天堂の二階へ顔出ししなかつたが、岡本、萩原、壺井などは、本郷に下宿したり、駒込の裏長屋に住まうところから、毎夜の如く、南天堂へ押しかけて行つたものらしい。又、そんなに遠くない電車通りで、林芙美子さんと平林たい子さんが、共同で小さなおでんやをやつていた。

南天堂の二階では、若い長髪族が、摑みあい、灰皿をぶつけ合うの騒ぎがよくあつた。ある晩、そんな喧嘩場に、私も出くわし、店の中を滅茶滅茶にした挙句、萩原、壺井、岡本に「赤と黒」ファンの詩人やアナアキスト総勢十四五人、肩を組んで表へ雪崩れ、電車通りを行くうち、一人がメリメリと街路樹をへシ折り出した。みて、外の一行は、われもわれもとばかり、並び立つ木の樹や枝を折り、喊声《かんせい》あげながら、本郷三丁目の方へ急いで行く。途中、高等学校の手前で、細い路へはいり、今度は街路樹のかわり、家毎の軒燈を一つ一つ、棒でたたきわつたり、小石ぶつけてこわしたりしながら、ワアワア喊声あげて走つて行く。暴風、巷を襲うの図で、当人達から云わすれば、暴動・革命のまねごとなのである。あれから、どこをどう通つたか忘れたが、一行は深夜、浅草土手の馬肉屋へ上り、無銭飲食に近い仕方で、又のみ喰い且つごろ寝して、一夜をあかした。今にして思えば他愛もない、性のよくない手淫行為に過ぎなかつたが、そうした暴行は、再三にわたり試みられた。

看板の雑誌は、金がなくて、出したいにも出せない。詩を地で行け。われ自ら、黒き犯人となれ。と云うような気持ちが、「赤と黒」四人の同人の間で、嵩じて行つた。よし、俺は前橋に火をつけるッ。と、黒いロイド眼鏡かけ、胸の病いもちらしく、いつも蒼ざめ瘦せこけた顔ひきつらせ、眼を燃えるようにしてみせながら、萩原が怒鳴つた。うけて、壺井が、トロッキーと云う仇名を貰つた程、その顔がロシアの革命家に生写しの、四角い面きしませ、頑丈な歯をむき出し「詩なんか、いくら書いたつて、どうにもなりやしない——実行だ。テロリストになるのだ」と、叫ぶのである。私も負けず、栄養失調で、顔あたり、年になく皺だらけになつた顔を、まつかにのぼせ返り「俺もやる。——小田原に火をつける」といきまく。女房子持ちの岡本だけは、三人の荒い鼻息に、おいそれと同調出来ないらしく、両腕組んで秀でた眉毛をぴくぴくさせている。俺もやる、俺も続くと「赤と黒」のファンを自任している側からの掛け声もあつたが、三人始め、テロが実行出来る柄でもなかつた。そんなしやれた芸当するには、皆まだ甘ちやんであつた。いつ、どこでどうして、等の非常手段に出る計画始め、机上のそれに止まるにしろ、具体的に何一つ進められはしなかった。私など頻りに、気分的には燃え狂つたに違いないにしても、小田原へ火をつけに行く、その足を向けない先から、足もとに慄えがくる勝手。そんな大それたまねはさせないと、父が又私ののどをしめ、母は母で私を抱き止める。それを振り切つて行く勇気など、所詮私の器量に余るもののようであつた。

南天堂の二階の騒ぎも、追々下火となり、四人も次第に顔を合わせることが、少なくなつて行き「赤と黒」再刊の熱もさつぱり薄らいでしまつた。私のところは、とうとう戸塚の下宿屋を、追い出される羽目をみ、夏を待たず、六月の月末、蒲団も行李（殆んどカラになつていた）もそつくり下宿へ残し、身一つ同然の姿で、小田原へ舞い戻つて行つた。親共は、もとよりいい顔して、迎える筈はない。しかし、喰うものも満足に喰つていなかつた、とありありその顔に書いてある私をまのあたりにし、何しに帰つてきたとはいい出せもせず、渋々家へ入れていた。

夏場は、不景気でも、箱根あたり相当客脚あり、山へ担いで出かけないにしろ、毎朝手伝などして、お茶を濁し、母親から煙草銭貰つたりした。そんなにして、海のほとりで過す裡、バラバラになつてしまつていたような私の心身も、どうにか纏まりがつくようになり、今後どうして生きて行くか、その問題をあれこれ思案し始め、考えがきまらない先きに、関東大震災であつた。小田原も被害こうむり、人畜に別状なかつたが、祖父竹次郎が建て、父の代に屋根をトタンにふき換えた、二間きりの家は潰され、すぐ丸焼けになつた。

3

九月一日の、関東大震災で、小田原は焼野原になつてしまつた。実家も、柱一本あまさず炭になり、ひと晩ふた晩は、海岸あたりへ野宿するような目にもあつたが、一週間程して、焼トタンの屋根に、畳の代りむしろを敷いたバラックを建てた。焼け野原の、そこかしこに、そんな急ごしらえの家が、ぼつぼつ出来て行つた。

箱根の旅館には、崖ぷちにあつたものなど、そつくり谷底へ雪崩れ落ちたのもあつたが、S屋N屋は無事で、いずれまた商売が出来るだろうという見透しだつたが、東京・横浜関東一帯がやられ、これが復興して、湯治客が山へやつてくるのは何時のことやら、前途甚だ遠い感で、父は浜之助を独立させ、町端れに小さな魚屋の板店持つように骨折り、自分は十も二十も若返つたつもりで、長年肩にしなかつた天秤棒担いで、あの山坂登り始め、得意先の旅館や、宮下あたりの部落の素人屋へ、鯵鯖の惣菜用の魚売りに出かけた。国道がところどころ崩壊していて、路でもない近路したりして、既に五十に近ずいた体では、楽でない担ぎ仕事ながら、毎日のあきないで、どうにかたつきの代にありつけ、温泉場への客脚待つと云う段どりであつた。

私のところは、行李を細紐で背負い、父に十五円也貰つて、無蓋車に乗り、上京した。九月の末頃でも、都会のあちこちに震災のあとが生々しく、銀座へんも見る影ない有様であった。前、小田原にいて、加藤氏のところへ出入りしていた知人の、下戸塚の小さな家へ草鞋ぬぎ、毎日茄子のしぎ焼振るまわれたりしている裡、私はいよいよ筆一本で喰うべく決意した。雑誌社に災害まぬがれたものもあり、その復興振りまことに目覚しい位で、これへ便乗すべく、少年少女小説その他せつせと書き捲くり、各社へ紹介状も持たず、押しかけた。最早、右も左もなく、ただ喰いたい一心であった。電通の特信部にいた川合仁君から、都下各処に於ける講演会に出かけ、目星しい講演を十枚位に要約してくる仕事を貰つたり「文章倶楽部」をやっていた加藤武雄氏から、文芸講演会の筆記仕事をあてがわれたり、時事新報の学芸部長だつた佐々木茂索氏から、文士の訪問原稿買つて貰つたり、それ等の仕事に熱中した甲斐あり、震災のとし越す頃には、月々百四五十円近くの収入にありつけ、としが変る早々、下戸塚の法栄館と云う下宿の六畳に移つた。三度の食事つき、月三十円也の下宿料であった。つる下りの服買つたり、高田馬場駅近くの、「ゆたか」と云うカフェに通って、のんだり女給に惚れたりし、ある晩は小石川白山へ赴き、不見転芸者買つて、生れて始めて、女の肉体知るの挙に出ていた。まるで、どぶの中へ、顔を突ッ込んだような味気ない思いのものであった。

実家の方は、二間きりしかないが、祖父竹次郎にゆずられた家と様変り、壁もあれば天井もはつてある。小ざつぱりした家が出来、箱根にもぽつぽつ客脚が出、夏場は相当賑う様子で、父も愁眉を多少開くところがあつた。私よりとしが十下で、当時十四才だつた弟が、小僧代り父の手助けしていた。それに母と小女がいるきりの、小人数な世帯でもあつた。

子供向きの原稿、文士訪問、電通や「文章倶楽部」の講演の要領筆記等で、寧日《ねいじつ》ないようにしていた私も、秋風が立ちかけるにつれ、これではつまらぬ、喰うだけが目的となつてはならぬ、とようやく小説の試作に心向け出した。文学青年として、当然な成行きであつた。

震災直後、加藤一夫氏は関西芦屋の方へ行かれ、萩原恭次郎、岡本潤、壺井繁治の「赤と黒」の仲間は、東京にいることはいるらしかつたが、喰うにかまけて、彼等と往来することなくなつていたし、又こちらからつとめて彼等と離れるようと仕向けてもいたのである。私は、自らの性格にかえりみて、自分は到底革命的な、或は政治的な行動にふさわしい柄でないと承知し、私的な孤立した立場にあつて、ものを書くしかないと構えていた。ひとりの路を行く者の宿命を自覚したとも云えよう。「赤と黒」が出なくなり、テロだ何んだとわめいていた頃から、己の足下に気がついていたようであつた。同志への裏切り、広く云つて、階級戦線からの脱落者を自認し、今に続いている私小説を、ぼつぼつ書き始めた。震災後は、世間の左翼風潮も一時下火になり、大杉栄始め、多くの闘士達は闇から闇へ葬むられ、ようやく反動時代へ這入つた傾向でもあつた。

稼ぐ合間に書き上げた、四十枚ばかりの原稿懐にして、本郷森川町なる徳田秋声先生宅を訪問した。先生とは、少し前、佐々木氏の名刺持参でお目にかかつており、しぶしぶながら談話を貰い「随筆について」と題し、四五枚書いて、時事新報へ出していた。その折、訪問に相当難色示し「しゃべってもただなのかね」と駄目おされたりしながら、こっちに仕事させてくれた、先生の持ち味雰囲気が、すっかり私の気に入っていたし、魚屋時代先生の作品も相当愛読しており、近くは「初冬の気分」と云う短篇に参って「われを知るものは」などと云う、思い上った調子にもなっていた揚句であった。都合、六度お百度踏んだところで、先生は書斎の瀬戸の火鉢の上へ、私の原稿「故郷」を拡げ、両手をあぶりながら読んでくれた。老眼鏡の下から、私をちらちらねめつけ「字がまずくて、読むのに努力がいるね」とか「嘘字が多い」とか云っては、机の上の鉛筆でそこを訂正されたりした。そんなに、口こごと洩らしつつ読んで行く裡、先生の顔は緊張し出し、上気して行く様子、きちんと膝頭くっつけ、かしこまっている私は、内心しめた、と思った。父との確執描いた四十枚ばかりが、可成先生を動かし、読み終わると「親子と云ったって……」と、重苦しげに呟き、一緒にゴマ塩頭火鉢の中へ、のめりこますような恰好された。多く云わせず、それの場で「新潮」の中村武羅夫氏へ紹介してくれたが、三ケ月たってもこれが雑誌へ出ないので、私は二度目に「無題」と云う三十二枚のを懐中し、両三度、お百度の末、今度は先生の面前で、私が自作を朗読する仕儀となった。そばに、報知新聞の学芸部にいた左近益栄氏がニコニコ顔で、一寸立合い役という塩梅式であった。おめず、おくせず、私は大声出し、興奮しながら、自作を読んで行った。始めの裡「説明が多いね」と、云って私をハッとさせた先生も、若い男と女給との交渉に段々興味もたれ、その顔色変って行く様に気をよくし、私は一気に朗読し終わった。一寸、小膝たたくように、先生は面白いとあり、左近氏にはかると、氏も同感とうなずき、早速菊池寛氏宛紹介文書いてくれた。二度目も面目ほどこし、私は飛び立つように、引揚げた。あとから左近氏にきいたことだが、代作原稿ならしらず、先生は殆んど全然と云っていい位、他人の原稿読んだり、聞いたりする風ない由、私は格別の引立て得た訳であった。

雑司ケ谷金山の菊池寛氏は、先生の紹介文がものを云い、すぐ応接間へ通し、私の眼の前で、氏は金縁眼鏡を書簡箋へこすりつけるように、改めて筆蹟吟味したりしたあと、氏のやっていた「新小説」へ掲載承諾された。岡栄一郎氏が先客であった。「無題」は、大正十四年二月の「新小説」へ出、おかしな題だが、一部の好評うけ、宇野浩二氏などは「今月読んだものの中で一番面白い。次は岸田国士の『命を弄ぶ二人』……」と読売の談話でいってくれたりした。私は、秋声先生同様、訪問原稿つくるべく、佐々木氏の名刺持参で、氏を本郷菊富士ホテルに尋ねていた。すぐ逢ってくれたが、氏は談話は困るらしく言を左右にされ、話す代りに、私がその原稿で時事新報から貰う分提供しようとあり、即日五円也を書留速達で、下戸塚の下宿へ送ってくれた。それが縁となり、よく宇野氏の宿へ、私は脚を向けた。秋声先生が留守の折など、帰りがけ近くの菊富士ホテルを訪問していた。氏は私の相当気に入られた如く、長時間三度のメシより好きだという文学について語られ、うむことを知らず、おかげで私は、大学の講義に幾倍した耳学問することが出来た。氏も、三十代の流行作家、あぶらののり盛りであった。秋声先生の紹介で「無題」が雑誌に出る直前、実はと私はその経緯述べ、氏の諒解得るところがあつた。原稿はみせずとも遊びにこいとある。極めてさばけた氏のもの謂に、爾後もちよいちよいお邪魔に上り、三十年後の現在に至るまで、終始氏の温情に浴してきた次第であつた。

処女作の意外な反響に、すつかり気をよくした二十五才の私は、訪問原稿、子供向きの原稿等一切止めにし、学資難にあえいでいた同郷の友人へ、電通の仕事も譲つてしまつて、小説に随筆書くだけでやつて行こうと、背水の陣とも知らず、そんなに決意した。が、まんまと当てごとは外れ、処女作出たとしに「新潮」へ一篇外に二篇より小説が売れず次のとしには「新潮」の新年号二月号続けざまに出たが、あとは三篇稿料の安い雑誌へしか出ず、三年目には「新潮」に二篇、「女性」に一篇、新聞に三つ四つ随筆書いた位で、月三十円の下宿代さえ稼げない始末、四年目には既にメシを止められていた法学館から、ていのいい追いたて喰い、裏口から蒲団行李担ぎ出し、近くの青雲館へ行つたが、そこでも雑文一つ書けずじまいで、ほうほうのていで、風呂敷包一つ下げ、森川町の秋声先生方へ、ころがりこんだ。その頃は、先生もさつぱり、仕事の方は思わしくなくなつていた矢先きであつた。

大震災で、一時火の消えた左翼風潮が、又怒濤のごとく、盛り上つたのである。文壇でもその勢いに乗じ、プロレタリア文学の圧倒的な進出振りで、秋声先生や宇野さん等ことごとく彼等からブルジョア作家と一蹴され、閉出し喰つたも同然の状態であつた。年に二つ三つ、私小説の類いを、ものにしていたような私等すら、その巻添え喰つた勘定であつた。

葉山嘉樹、徳永直、或は中野重治と云つた顔ぶれが、クローズアップされたと同時、詩壇でも旧友の萩原、岡本、壺井の面々が、プロ詩人として、華々しく活躍し出した。私は動揺し、もの書く力さえ、抜けてしまつたようであつた。自らの墓穴掘るような境地から、又以前の衆と共に生きる方向へ転換したものかと迷い、壺井あたり、こつちへ戻れと友情の手をさしのべてくれたりしたが、ついに私の腰はたたずじまいであつた。秋声先生の許に、ひと月ばかり居候し、その間先生にも就職になど心がけて貰つたが、恰好なところも見当らず、先生の許にも長居出来ず、風呂敷包み下げ、小田原へ逃げて行つた。

実家のただめし喰つたり、母親に煙草銭せびつたりして、敗残の身をどうにかもちこたえている裡、土地のカフェの女給していた、当時二十二才の女と出来、女がそれまで関係していた男の手前を憚かる意味もあつて、女の着物質草に旅費をつくり、二人して名古屋へ走つた。名古屋には、法学館時代親しくしたことのある、早大生門田穰君が、帰省しており、これを頼つたのである。同君は、今日流行歌の作者として名のある人で、当時彼の父親が地方新聞の主筆していたから、私は頼んでそこへ入れて貰おうとしたものの、中々ラチがあかず、それより先女の方が、カフェの女給に住み込む成行きとなり、私は門田君の家を辞し、女の勤先きに近い街中へ、間借りして、毎日ほど、一円とか一円五十銭とか、女から貰つてきては、メシ代にした。すなわち、私ははからずも、ヒモになり下つた訳だが、そうこうしている裡、女をはりにくる客に当人熱くなるような雲行きを示し、うつちやつて置いたら、大学生に女をとられる心配が嵩じて、無理矢理女を連れ、門田君父子にもろくな挨拶せず、今度は方角換えて、東京牛込神楽坂裏の下宿屋へひとまず、落ちついた。そこで、又ぞろ畳の上へ腹ばい、何やら原稿書いたが、三つにひとつも売れなく、ふた月目にはいると、下宿屋では一人分より食膳提供しなくなり、私が先に箸をとり半分、のこりを女が喰つて、彼女は便所へ行く途中、廊下でひとにみられるのも気はずかしいと云つて湯茶をたつようにしたりしていた。ふた月目にも下宿料の支払い出来ず、下宿屋の権幕もすさまじかつたので心中しようのなんのといろいろあつたのち、女を近所の小さな支那ソバ屋へ住込ませ、ひとり下宿に陣取つて、書きものに余念ないようにしたが、どうにも一向金にならない。暑くなる早々、又私は小田原へ逃げ去り、女は本所太平町の棟割長屋に住む両親の手許へ帰つた。彼女の父親は、請負師の下廻わりみたいな事している、肺病もちの人で、母親が玩具の内職等で、どうにかしのぎつけているような有様であつた。

秋がくると、小田原から上京し、うまいこと、前電通にいた川合君が独立して地方新聞相手の通信社経営したのを幸、月三十円で使つて貰うことにし、話がきまるとその脚で、本所の親許にもひと月とおられず、高円寺へんのカフェに住込んでいた女を、着のみ着のまま下宿へひつぱつてき、二三日して牛込地蔵横丁の、洋傘直し屋の二階四畳半へ移つた。少ないながら、定収得た上は、世帯もとうと云う訳であつた。女の実家から、蒲団、火輪その他、哀れな嫁入り道具が担ぎこまれたりした。膝もはいらない位な、小さな茶餉台に差向い、めしを喰い、夜はいつも早寝の、ままごとめいた生活がしばし続けられた。しかし、月給三十円では、二人して映画みに行く余裕もなく、牛肉のこまぎれだに、中々食卓へのぼせにくかつた。

虎の門近くの小樽新聞支局の二階の一室が、川合君の事務所になつていた。社員は私一人で、正午出勤して、三上於菟吉《おときち》氏の連載小説を、一回々々鉄筆で騰写版用の紙にうつし、出来た奴を五組のザラ紙へ印刷して、挿絵の紙型添え、北海道、中国、九州等の新聞社へ発送するだけの、気楽と云えば気楽な仕事であつた。年末には、三上氏から、五十円の慰労金頂戴し、ゴム長、まがい紫檀の机、女の着物買つたりした。新調の机に向い、彼女と出来てからのしかじか等、どこへ出す当てもない原稿、書き出したりした。紙でめばりした瀬戸の火鉢挟み、女はつつましく古雑誌読んで、控えていた。

年が明けて、二月に這入ると間もなく、私は通信社をクビになつてしまつた。年を越す前、代々木の奥に越してきた、彼女の両親の近くへ間借りし、彼女が日に二度、親の家からおかもち下げて運んでくるもの、二人してたべていたが、クビになるや、誰にも無断で、置手紙だけ残して、大きな風呂敷包みひとつ下げ、こつそり小田急へ乗り、私は実家へ帰つてしまつた、追つかけ、蒲団や行李が送り届けられたが、女は終に小田原へ現われなかつた。手紙で長々、私の処置のつれなさを訴えてきただけであつた。彼女は、石女でもあつた。

実家のめし喰い、現在住居としている、畳の二畳敷いてある物置小屋で、私はごろごろしていた。前途に、何の光明みないような明け暮れであつた。早大を中退し、一時葛西善蔵氏の書生みたいなことしていた瀬戸一彌君も、小田原へ舞い戻つていて、二人して一文も持たず待合へ上りこみ、同君が金をもつて迎えにくるまで、一日ひと晩待合に罐詰となつているようなここともあつた。実家では弟が背丈は一人前に成長し、毎日箱根へ商売に行っており、父は少し株をもつていた養魚場の方へ、おもに出向いていて、私と云う厄介者に喰わせるメシ代位は、大体こと欠かぬようであつた。

秋風と共に上京し、小石川指ケ谷の、福家と云う旅館の、玄関わきにある三畳間を借り、机を据えた。歩いて五分とかからない、戸崎町の博文館へ、少年もの、少女ものなど売りに通つた。震災直後の経験で、味しめていた私は、今度もそれで行こうと必死だつたが、柳の下に泥《ど》鰌《じよう》はいず、毎度無駄脚と云つた工合であつた。もの読む気力始め喪失しており、よく本郷の坂登つては、秋声先生宅へ出かけて行つた。当時も、プロレタリア文学は全盛をほしいままにしていて、先生も殆んど原稿依頼なく、処在ないまま、ダンスを習い、都下のダンスホールへ、うさはらしがてら、行つておられた。夫人没後、山田順子君と恋愛三昧にふけり、相手が若い評論家と出来てから、先生の傷心一方ならぬものあつたが、時過ぎて大分疵もいえ、今度は河岸かえてのダンス場通いという寸法でもあつた。長男の一穂さんが大抵一緒で、たまには私ものこのこついて行つた。ダンスなど、習う余裕とてなかつた私は、先生や一穂さんが踊つている間中、ホールのベンチへ腰かけ、ぽつねんと眺めているのである。襟あかのついた着物きて、いい若い者が、そんな恰好しているなどは、よそ目にもの欲しげな限りであつたろう。そんな周囲の思惑すら、てんで頓着する色なく、当人はダンサーの腰の線や、黄金色、赤、青、とりどりの靴など眺め廻わし、ぽかんと口をあけていた。

たで喰う虫の類いか、ある晩先生が、かけている私の方へ、ひと踊り終つたあとやつてきて、「このひとが君に紹介してくれと云うんだ」と、先生持ち前の渋い声で、一人のダンサー引合わせた。黒いドレス着て、胸に赤いバラの花つけた、としの頃三十三四の中肉中背だが、顔色のひどくよくない、眼もとの鋭い女であつた。紹介されたとて、もとよりそのダンサーとステップ踏む由もなく、先生についてそのホールへ行く度、目礼かわすのみだつたが、段々ダンサーが玄関わきの三畳訪問したり、牛込神楽坂上の眼鏡屋の二階の、女の部屋へ、私が尋ねて行くような模様となつて、年があけて二月に這入る早々、胸の方の病持ちである女を、小田原へ案内し、停車場裏の安旅館へ、落ちつかせたりした。が、それで案内人、役目を終つて東京へ引揚げるでもなく、女のそばへまつわりついているなり、二人の間に関係が出来てしまい、雪の多い月だつたが大きな梅の木のかげみたいになつている座敷で、二月一杯、蜜月じみた時を過ごした。月が変ると、一緒に東京へ帰り、女も福家の別の部屋へ御輿据える風だつたが、ダンサーには小田原行を秘密にしていた、前々から内縁関係あつた男があり、私を挟んで両者の間にまずいものが出来上り、とど彼女は、男も私もいつぺんに捨て去る仕儀となり、私の参り方ただならぬものがあつた。この女を、私にはじめ紹介した先生も、眼鏡屋の二階をちよいちよい訪問されており、そんな行きがかりで、私と先生の間も妙な工合になつたりした。

喰うに喰えず、ダンサーにも弊履《へいり》のごとく捨てられ、私はまた小田原へ逃げのび、海岸の空気を吸つたりして、身心多少共回復するとみると再上京し、私をクビにしてから、間もなく通信社の経営止め、新聞連合の特信部に勤めていた川合君に泣きつき、十年ばかり昔やつたことのある、講演会を聞き歩いて、それを要約する原稿仕事を貰つた。学術講演、衛生に関するもの、気象に関するもの、何んでも御座れで、場所も公会堂、大学の講堂、教室、ところは嫌わなかつた。喋る当人には、何のことわりなし、その名前を頂戴し、当人自筆のごとく、講演内容を五枚十枚に縮めて、ザラ紙に刷り、特信部の手から全国数十地方の新聞へ発送され、新聞面へ掲載されれば、署名原稿と寸分たがわぬ趣きのものであつた。私はこれで一枚五十銭貰つていたが、講演する人には、鐚《びた》一文の謝礼どころか、挨拶ひとつなしであつた。

川合君が、性のよくない病いに倒れ、入院してからは、部長の天野氏が、直接私の仕事の指図し出した。毎朝、諸新聞の案内欄注意し、講演会の種目、場所等ノートし、私の差し出す演題と講師の名列記した紙片を、天野氏が一瞥し、これとこれをやれ、と記をつける。それによつて、私はしかるべき会場に赴き、ザラ紙へ鉛筆走らせ、講演の要点控える操作にかかり、下宿へ帰つてから、これを原稿にし、翌日天野氏に手渡すと一緒に、今日はこれとこれと云うふうに、先方の注文きいてくる。機械仕掛けみたい、毎日繰り返され、時にはメシ喰う間ない位忙しい日もあつて、月々百円以上の稼ぎになるようであつた。高田の馬場駅近くのカフェに通つたでんで、今度は玉の井あたりの私娼街を徘徊し、酒なども相当のみ始めたりした。

川合君は、病気がなおると一緒に、連合を止め、私は依然として天野氏の指図通りの仕事をしていたが、一年ほどたつ裡、分量が減り加減になつて行つた。ところへ、早大中退後、長らく山陰地方へひつ込んでいた田畑修一郎君が、捲土重来の意気で上京し、阿佐ケ谷へんへ家を借り、女房子と一緒に住まうようになつた。同君とは、同君が金釦の学生時代、宇野さんのところで、初対面の挨拶し、以後往来し出した仲であつた。上京後、田畑君は、小田嶽夫《たけお》、緒方隆、蔵原伸二郎君等と「雄雞《ゆうけい》」と云う同人雑誌をやり始め、早稲田在学時分とは別人のごとく進歩した作品発表したりした。それに刺戟され、連合の仕事も追々ひまになるし、また小説の勉強してみる気になつた私は、同君に頼んで、その仲間に入れて貰つたが、二十代におけるはんちくな作家生活で、ひどい目をみていた私は、自分の本能始め、信用してはいなかつた。本腰で、文学と取組むわけには行かないようであつた。「雄雞」が「麒麟」と看板かえ、それに娼婦との関係書いた作品が出た頃、ようやく仲間から多少好評うけるようになり、一時大病され、丁度回復期にあつた宇野さんに何かいわれた記憶がある。同氏の全快祝いの会が、上野の料亭で開かれたのもその頃であつた。嘉村礒多君なども席上にみえていた。

左翼風潮は又退潮期にはいつて、いわゆる転向時代となり、文壇にもそれが反映して、有為な転向作家が続々抬頭する一方、かつてブルジョア文学と排斥された小説が、再び日のめみる運びとなつた。秋声先生も「町の踊り場」あたりから、本来の面目発揮し、老いて益々あぶらのるようであつた。宇野さんも「枯れ木のある風景」で見事に、カンバックされ、次いで「枯野の夢」等々せき切つたような勢いを示された。相変らず、連合の仕事で、月々四五十円位稼ぎながら、私もコツコツ続け「飛沫」「穽」「隻脚」「泥」「路草」と、名古屋まで駈落ちした女との仲を、連作風に区切つて書いた短篇を「麒麟」や「文学界」「日本評論」に出した。中でも「隻脚」は、大部好評をうけ、武田麟太郎氏などは、自分の本と一緒に「文座書林《ぶんざしよりん》」から、連作を一本にまとめた「路草」上梓事、進んであつせんしてくれたりした。初版千部足らず、今日絶版となつたまま埋れている「路草」が、近頃あちこちで私の代表作と取り沙汰されているなど、いささか感無量のようであつた。

当時の文壇は、転向作家の活躍と対立し、横光利一、川端康成氏等が華々しい脚光浴びていて、嘉村礒多君の私小説も一方の旗頭然と光つていたが、私のところは「路草」が本になつてからも、これと云つて雑誌社の依頼なく「麒麟」が「世紀」と世帯を拡げ、その創刊号に丹羽文雄君の「海面」あたり出たりしたが、同人一同格別の進出もみせなかつた。が、その裡、小田嶽夫君が芥川賞貰い少し遅れやはり同人の尾崎一雄君が「暢気眼鏡」で同じ賞をとり、田畑君が「鳥羽家の子供」で、中山義秀君と芥川賞の受賞を争うという工合いになつて行つた。私も「世紀」が、世帯を十人と小人数減らし「木靴」と看板換えしてから、そこへ発表した「朽葉」や「早稲田文学」へ出した「余熱」で、第二回目の芥川賞候補になつていたが、同人達の目覚しい活躍振り、指くわえてみているしかないようであつた。

連合が、同盟に変り、部長が高木氏になると、氏はサギ同様な、だまつてひとの喋つたことを縮めた原稿嫌い出し、仕方なく私は、カコミもの、今日の匿名批評めいた奴を、月々買つて貰うことにし、辛くも三十円前後の定収入得た。天地人、幾山河とある、二つの名前で、文芸誌の小説や、評論の月旦やらかしたのであつた。こんな仕事なら、何も東京に痩せ我慢しているがものはない、小田原にいても出来る、帰つてしまえと思い立ち、そう思うと矢も楯もたまらなくなつて行つた。東京に、金輪際見切りつけ、自分の可能性に匙を投げ、文字通り、旗担まいて故郷へ引揚げるというのであつた。そのことあつてか、今日でも、私は東京にいい感じを持てず、いつそ憎悪の眼向け勝ちのようである。

実家では、既に父が死亡し、母は中風で腰が抜けたきり寝込んでおり、中支戦争で負傷して、内地の病院へ送り返され、そこで三ケ月ばかり療養し、大体もと通りの体になおつて帰つてきた弟が、前々通り商売していた。彼は、S屋の女中だつた、近在の農家の末女を嫁にし、四つに二つの一男一女の父親でもあつた。父が亡くなり、一年ばかりして、結婚式挙げた彼は、カマボコ屋の多い幸町の通りに、二階家買つて、そこへ分家し、父の建てた、二間きりではあるが、天井も壁もある家の方は、その後ひとに貸してあつた。母は、弟の家の階下へ、ずつと寝たり起きたりの、その上、長男の私まで、弟の家へ同居するに忍びず、母家に他人が住まうことに依り、一寸離れ小島みたいな勝手になつた、裏の物置小屋へ、ビール箱の机据え、鼠と共に寝起きし、三度三度縄のれんくぐつて、臭いめし喰つたりし始めた。東京を断念して、そんな配所にあるような月日を送りながら、毎月同盟向けのカコミ原稿、小説の勉強も続け僅かに慰め、一円位もつて、町端れの魔窟へ赴いたりしていた。

帰郷直後「文学者」に書いた「裸木」と云うのが、多少評判となり、先きに尾崎君の「暢気眼鏡」上梓した、砂子屋書房から、同名の短篇集出して貰つた。千部一寸、印税も百円そこそこだつたと覚えている。砂子屋書房から、その前にも一冊「朽花」と云う短篇集出して貰つていた。売れもしない本を、よくも二度まで面倒みてくれた、書店主山崎剛平君の好意は今に忘れがたい。

「裸木」が出たとし、二つの小篇を「新風土」「文学者」に書いている。翌年四十才に「鱗の話」「初秋」外一篇を「文学者」「現代文学」に書いている、四十一才に「転失業挿話」を「新風土」に「尾花家」を「早稲田文学」に、四十二才「蠟燭」を「早稲田文学」に「蕾」を「月刊文章」に、四十三才「宮小路」を「早稲田文学」に「山歩き」を「現代文学」に「落穂」を「八雲」に「麦」を「現代文学」に書き、翌々年の十九年の九月始め、私は海軍の徴用工として、小田原から横須賀へ、ひつぱつて行かれ、終戦後の二十一年三月、宇野さんのひきで「新生」に「しらみ懺悔」を書くまで、私の創作は一時中止されていた。

話を、あとに戻して、私が弟の家族や、母のいる家から、ものの三町と離れていない物置小屋を、永住の住居とした頃より、大東亜戦の一時景気が除々に現われ、箱根温泉は第一次ヨーロッパ大戦当時に増した好況振りを呈するようになつて行つた。中支戦線で、命拾いして戻つた弟は、前からのS屋N屋以外、三四軒の旅館へ新たに魚を入れるようにもなつて、彼が出征中商売の方引受けていた、私の子供時分うちの小僧奉公していたこともある、蔵造と云う四十男のみならず、一人二人の奉公人も置き、夏場の書入れ時には、私まで狩り出される有様であつた。何十年振り、私は天秤棒担ぎ、鯛、車海老と云う料理用の魚を、山の麓の旅館へ持つて行き、昔使い馴れていた出刃ぼうちよう振い、鱗をふいたり、鱸《すずき》のあたま切り落したりした。ひと夏中、麓の旅館へ出入りし、毎日弟からそくばくの小使銭、貰つていた。そのていみ、遠縁のものが「また魚屋になるのか」などと私の面前で、こつちを侮蔑するような文句を、臆面なくいつてみせたりした。母は、母で、弟の家のまん中へんに、腰が抜けて座りきりのまま、毎朝流しもとで、弟から年期小僧のごとく、口やかましく指図され、とり扱われがちな兄を、痛々しそうに、みていたりした。私も、まるきりの性なしになつていなかつたが、万止むを得ずとし、弟に使われたのであつた。彼は、麻の着物作つたり、背広を幾組みも拵えたり、商用で東京あたりへ出向く折など、伊達にきまつた、素通しの眼鏡かけたりして、頻りに宮小路と云う花柳界方面へも出入りしていた。いつそ罪のない、足もとのみえすいた小成金振りながら、物置小屋へひつそくする、女房子なしの兄と、みためには頗る対蹠的《たいしよ》だつたに相違ない。

その裡、私は母のしもの世話する役目、買つて出るような羽目になつた。

4

「落穂」に書いたように、午前に一度、午後に一度、私は肉塊然と手脚の自由を失つた、中気病みの母の、しもの世話すべく、弟の家へ出向くようになつた。それまでは、弟の女房等がやつていたのであるが、三年四年と永びく裡には、はたの者にも飽きが来、もてあまし加減となり、母の生存を呪うようなことすら口走る有様に、みていられなくなつたのであつた。弟は、始めのうち、私の出方を、おせつかいと読み、まずい顔していたが、別段中止させるようなふうにも出ず、結局私は母の大小便の始末、よごれもののすすぎ洗い、床のとり換え等、その死までざつと三四年間やり通しであつた。時には、公園から、無断でとつてきた花を、彼女の枕もとへ飾つたり、五銭か十銭、甘いものを彼女に買つてくることも日課のようにした。私から、一銭二銭の小遣銭ねだる甥や姪が、母の枕もとから、その菓子類を時々掠め去るようでもあつた。世は日支事変が太平洋戦争と変わり、弟に二度目の徴集令状がき、どこへもつて行かれたのか、さつぱり先方が知れなくなつた。留守は、年期奉公終つてからも、弟の下で働いていた幾造が商売の方をひきうけ、義妹も魚市場等へ出かけ、手伝つたが、戦時景気はとうに過ぎており、箱根に遊山客も大してなくなつていた。

私のところは、依然として、同盟通信社向けの匿名原稿で露命をつないで、小説を年に一二篇、それも前記の如き雑誌に出すだけであつた。私始め、自らを創作に託すような余裕もなかつたし、文壇の雲行きも極めて慌しく、自発的にしろ、強いられた形にしろ、多くの文士が徴用され、太平洋の各地へ飛んで、報道文を綴るに懸命と云う状勢であつた。あのひとが、と思われるような作家まで、外地へ出かけて行つた。徴用から洩れた文士は、時代遅れの存在として、文壇からも影が薄くなるような工合いでもあつた。その間にあり、ひとり「私小説」の孤塁を死守していたかの観ある上林暁氏は、大いに買わるべきであつた。拙作「蠟燭」を、同君は激賞してくれたりした。その作品は、紛れもない「私小説」ながら、同盟の匿名原稿では、私も亦時勢におもねり、当時の国勢に賛成するような文を売つていたのである。そんなに妥協しなければ、カコミ原稿も銭にならなかつた。

自由経済から、統制経済に移つて、戦争の長びくに従い、物資の配給制が敷かれ、用紙も自儘に手にはいらなくなつて、新聞、雑誌共々減頁を余儀なくされ、文芸雑誌もお多聞に洩れなかつた。その裡、同盟の特信部が、私の匿名ものを敬遠するふうになつた。地方新聞も薄くなつたし、あるいは統合された結果、文芸欄向けの通信が、著しく縮少されたためであつた。事情をきけば、いやでもこつちは引下るしか手がなかつたが、当時同盟の特信部に関係していて、文芸方面を担当していた原奎一郎君が、大変私に同情してくれ、いよいよ私の原稿締め出すときまつたところで、同君は同君のポケット・マネーさいて、それまで、月々三四十円送つてくれた。一枚の原稿も書かず、そんな金を貰うのは、私としても苦痛であつたが、背に腹は換えられずと、原君の慈みを四五ケ月うけていたが、同君とてそういつまで、私をかばつておられなかつたようであつた。殆ど無収入という状態で、十九年を迎えた。もとより貯えなど一文もない身では、三度のものも満足に喰えなくなり、パン屋の店先きからパンをこつそりもつてきたり、弟の家の台所で、家人の目を盗み、手摑みで何かを口中へおしこめたり、その他目も当てられない、うつちやつて置けば、縄目の恥までさらしそうになつたが、その年の八月に、母が十年近く腰が抜けたまま息ひきとるまで、毎日二度のしもの世話だけは、殆ど欠かさなかつたようである。今日思い出してみても、私のような人間が、よくそんなに根よく続けたものと、われながら一寸感嘆せざるを得ないようであつた。

母の葬式を、弟の家から、どうにか出してしまうと、私はいつそホッとした。これで、わが肩にかかる何者もなし、と云つた孤独と自由を一緒くたにした気持であつた。母と別れる前年、秋声先生も死去されており、金釦時代から交際してきた田畑修一郎君とも、幽明を異にしていた。どつち転んでもひとりきりと観念している矢先きに、海軍の徴用がきたのである。かねて、軍徴用は苦役に等しいときいており、多分に不安ではあつたが、行けば喰うだけは間違いなし喰えるだろうと、そんなに念じながら、横須賀へひつぱられて行つた。望みどおり、海軍工廠の食堂で、毎日三度三度山盛りの丼メシにありつけ、行つた当座は、骨と皮ばかりに痩せこけて、十一貫に足りなかつた体が、みるみる太り出し、十九年を越す時分には、生れてこの方ためしのなかつた、十五貫にも手の届きそうであつたが、主として担ぎ仕事、土方仕事にこき使われ、馴れるまではさんざん泣かされた。国の必勝期すがため、など云う殊勝な気持など、とつくになくなつていた非国民的な私には、せめて労働そのものに慰めをみつけようとする工合であつた。昔、箱根山を天秤棒担いで登り降りした私は、段々仲間に負けない位働き出した。四年が押し詰つた頃、宇野浩二氏、中山義秀君、真杉静枝さん、小山書店の加納正吉君が、人揃つて、横須賀の私達徴用人夫の合宿所を見舞つて下すつた。その節の感銘は今に忘れられない。

二十年になつて、二月早々、私達は父島へ持つて行かれた。無事に島へ着くかどうかとあやぶまれていた航海も、途中敵潜の魚雷も喰わず、無事半熱帯風な目的地へ着き、島で終戦を迎える運びとなつたのだが、徴用される前後から、内地帰還までのあらましは、「徴用行」「しらみ懺悔」「父島」「蛇屋」「軍用人足」「壕掘り達」等の短篇に書き記したし、今後も折に触れ、この種のものを綴つてみたいと思つている。

島で作業中、右脚の足首怪我した私は、一時松葉杖につかまり、病室通いなどしていたが、八月過ぎると、びつこひきながらも、どうにか歩けるようになり、二十年の十一月末、帰つてきた。浦賀に上陸し、野火の海軍病院へ連れ込まれた。近くの久里浜の海軍事務所から、未払いになつていた給料と、退職手当ひつくるめ、都合二千円ばかりを受けとり、間もなく野火から三島の病院へ転送され、暮近くリュックに毛布靴その他ひと背負い背負つて、ざつと一年半ぶりの小田原へ舞い戻つたが、弟はまだ帰還していず、生死のほども見当つかず、義妹が三人の小さな子供をかかえ、眼ばかり光らしており、私をみて弟のことがこみあげてきたらしく、長泣きする始末であつた。背負つてきたものを、小屋へ担ぎこみ、新しい出発期するには、留守にしていた間の小屋の中の荒れ方はひどかつた。近所の家々の、荷や何かが乱暴にほおりこまれており、畳の二枚敷いてあるあたり、足の入れ場もなく散らかされていた。そこで、懇意にしていた、島本恒次郎の家へ、二三日草鞋をぬぎ、近くの湯河原にある海軍病院へ転がり込むことにした。びつこがすつかりなおるまで、そこでただめし喰つてやろうと云う、いつそいじけた魂胆である。軍医は、私の右の足首の異様さに入院を許可し、病院という看板出している温泉宿で二十一年の元旦迎えた。

そんなにしている私の許へ、「早稲田文学」その他二三から、原稿執筆の依頼手紙が転送された。文運いまだ我を見捨てず、と私は小膝たたく思いながら、ここ一二年の空白が目にみえるようでもあつた。先下準備と、島本君のところから借りてきたドストエフスキーの「死人の家」その他、改めて読み出したりした。じいつと寝てさえいれば、喰う心配は更にないみたいな病院暮しは、勉強に誂え向きであつた。一月一杯いて、大分足もなおつたところで、私は小田原へ戻り、半日がかりで、小屋の中かたずけ、畳の上まで雑巾がけし、多年使つてきたビール箱の机を据え、夜分はローソクをつけて、読み書きする段どりとなつた。爾来、今日に至るまで変らないお膳だてであつた。

本誌に「徴用行」を送つた。宇野さんの推ばんで「新生」に「しらみ懺悔」を書いた。川端康成氏のすすめで「人間」に「父島」が出たりして、その他二篇二十一年に発表しているが、今後筆一本でやつて行く自信も決心も、当時私にはなかつたのである。何分、処女作は二十五才に出していながら、以来自分の口一つ、満足にふさげ得なかつた、拙ない自らの文筆に顧りみ、又既に五十才近くにもなつていることと、若い時分の冒険心新たにすべくもないようであつた。かてて、敗戦後の世相も、インフレその他険悪きわまりないものがあつた。全く、書くにしろ、生きるにしろ、お先真暗であつた。

広東近くから、マラリアを土産に、弟が帰還してきた。思つたより早く、遊山客がやつてくる勝手で、弟の商売は少しづつ立ち直るようであつた。今日あつて、明日ないような、あぶなつかしい心抱きながらも、私は小屋でペンをとり続け、二十二年には、「女給」「身の末」「畿内」「恋の果」「浮浪」「別れた女」「蛇屋」等いろいろな雑誌に書くことが出来、この分なら、筆でどうにか、とども思つたようであつた。

二十三年には、小山書店から、加納君のお声がかりで「恋の果」別の本屋から「淫売婦」と二冊短篇集が出る運びとなつた。いずれも売行香しくなく、版元に迷惑かけ、印税らしいものもついに貰えなかつたが、自分の本が出るなど思いがけぬことであつた。同じ年に九つの短篇を発表した。したが「偽遺書」というのを書いてから、丸る一年私は何も書けなくなつてしまつた。「偽遺書」は、名のとおり偽りのそれにしろ、ひと口に云つて、私の心身にいつとはなく巣喰つていた懐疑心が、世を呪い、ひとを疑い、ついに母親ゆずりの業病をもつ自分まで死に至らしめるとあるような、現世断念の書であつた。そんな一種の遺書文綴つた返り血で、以後書けなくなつてしまつたのも、当然な成行きであつた。泣きつ面に蜂で、白紙で過した二十四年の秋口には、キティ台風でも小屋が波をかぶり吹き飛ばされ、僅かに骨のみ残すという塩梅式であつた。喰うものは喰わず、爪に火点ずるようにして貯蓄した僅かの金で、私は飢えをまぬがれることが出来たが「偽遺書」が発表されたすぐあと、作品を地で行き得なかつた不覚が、つくずく悔いられたりした。あらかた七八年、無沙汰していた「抹香町」と云う町端れの淫売窟へ、出かけ始めた。

秋声先生の四男、徳田雅彦君が、何か書けと云つて呉れたのに勇気づき、三十枚ばかりの短篇を作つて、同君の許へ送つた。これが二十五年三月の「文春別冊」に出た。私は「余滴」と題つけたのだが、それではあまり気がないみたいだからとあり、雅彦君が「抹香町」と改題してくれたのである。これと「風雪」に出た「捨猫」が、割りと好評をもつて迎えられ、再起の端緒となつた。その年に、「夜の家にて」「隣人」「へんな恋」「路傍」「帰国」「ひかげの宿」「無縁」「地下水」「女優」「何処へ」と都合十二篇書いた。処女作以来、前例のない多作振りであつた。

二十六年には、引き続き「山茶花」「亡びの歌」等十一篇書き、私は抹香町へ通うと同時に、競輪にこり始め、物質的にも精神的にもさんざんな目にあう仕儀となつた。生来、勝負事が嫌いなたちではなかつたにしても、土地に競輪場があり、開催中の六日間、朝から花火揚げて気勢あおるので、その間中は何ものも手につかなくなつたりして、一日に五六千円も損することがあつた。が、いつかコリて、この頃では車券を買つて一喜一憂するより、いのちがけのスポーツとして、レースを観賞する側にもつぱら立てるようになつてきている。

依然として、小屋でのひとり暮しが続き、親ゆずりでもある高血圧等気にしながらも、大して健康に別状なく、二十七年には「盲目」「女客」「ひかげ咲き」「好きな女」「鳳仙花」等九篇書いた。「鳳仙花」は文字通りの短篇ながら、異例な好評を得、中村光夫のごときは、私にも代表作が出来た、などと書いてくれたりした。競輪で一時荒んでいた心身も、どうやら回復期に向つたが、その頃から、ある人妻と知り合う工合になり、これと老らくの恋にも似た、ふんぎりのつかない、じれつたいような恋愛関係へ陥り、その時々のしかじかを綴つたりして、二十八年には「金魚草」「軍用人足」「竹七と二人の淫売婦」「伊豆の街道」「色乞食」「淡雪」「日曜画家」「夜の素描」「ひぐらし」「唐もろこし」等十六篇発表した。

本年は「抹香町」「伊豆の街道」の二著が講談社から上梓され、これが私の本としては予想外な売れ方であつた。ある批評家は、ここ二三年の私を目し、「枯れ木に花が咲いたようだ」とヤユしたが、よそめにはそんなふうにも映るのであろう。「川崎長太郎」と云う名は「文学に志を得ない者の代名詞」だつたと、別の批評家が指摘していたが、これは当人も頷けるところで、長いこと文壇の隅つこで道草喰つていた私にも、時きたれば私なりの花が咲くと云うのであろう。「長太郎ブーム」などと、はやされると、薬が利き過ぎこつちが片腹痛くなるが、捨てる神はあれど、助ける神など更になしと、長年心に構えていた私などには、意外な自作の受けとられ振りであつた。これまでに「路草」「朽花」「裸木」「淫売婦」「恋の果」の五冊、今度の二冊、都合私は七冊の本を持つ勘定であるが、印税らしい印税を貰つたのは、数え年五十四になつて始めてと云うような有様であつた。

昨年のクリスマスに一度、今年の桜時分に一度、例の人妻とあつたきりで、二人の仲は自然と音沙汰なくなりつつあつた。抹香町へは依然として行つており、そこより外、使いのこりの性慾のはけ口がないのである。したが、昨年から今年にかけ、小屋暮しているやもめ男へ、東京その他から、未亡人、人妻、文学志望の女、娼婦等の手紙が、ひんぱんとくるようになつていた。当人にあつてみたことはないが、書くものに刺戟され、心動かされた上でのことに相違ない。あるいは、私に対する世上の取り沙汰が、彼女達の好奇心をそそつた向きもないとは云えないであろうが、それ等の手紙を大体握り潰しにすることなく、私は一々返事を書いていた。数回の文通の後、小屋を訪問してくる女人も珍しくなく、これを客として招じ入れ、段々話したり、つき合つたりしている裡、私は複雑な気持を味わい、先方に可成心惹かれたりして、こつちから、その者の住所を訪れる場合もないではなかつたが、これまでのところ、わが身の程にかんがみ、それぞれを多くは路傍の花のように、眺め見るなりでいるようであつた。そんな出入りを、そこはかとなく綴るのを、せめてもの心やりとしているふうであつた。今年になつて、この種のものを「魚見崎」「女の歴史」「鯉子」「麦秋」「多少の縁」等々書いており、「抹香町もの」と云われるものに「女色転々」「褪色記」「山桜」「野良犬」が出来ていた。四つの裡「褪色記」を除いたどれにも、中年の浜子と云う娼婦が出てくる。この女の許へ「野良犬」では、ある事情から「参六」が通うのを止めることになつているが、間ひと月置いて「参六」なる私は、又浜子の店へ逆戻り始めていた。上る度毎、あすこが悪い、ここが痛いなどと肉体の苦痛訴える女に、私は余程心ひかれている模様であつた。少くも、この女が抹香町にいる間は、見限つてしまうことなし、五日に一度、一週間に一遍、出かけていようと思つている。そんな体でいながら、横になると、自分をかまわず、こつちの情熱にぴつたり調子合わせる女が、私には有難がたくて仕様がないようであつた。

書く為めに抹香町へ行くのか、生身の人間として行くのか、と問われれば、一枚の紙にも裏表、双方の必要からと、あつさり答えざるを得なく、何事も先きのことは予定通りに行かぬとしても、私の抹香町通いは、当分の間続きそうであつた。

今年の三月十六日に、拙著の二度目の出版記念会が、東京駅ステーション・ホテルで開催された。一度目は、昭和九年私が数え年三十四の冬であつた。その時、大阪ビル、レインボーグリルに、集まるもの二十数名。秋声先生の代理を兼ねて出てくれた徳田一穂君を除けば、あとは皆「麒麟」「世紀」当時の同人連中、田畑修一郎君の司会で、一同順々に立つて、祝辞やら激励の言葉をのべてくれた。同人以外では、青少年時代一緒に「夕暮」と云う一号雑誌やつたことのある北原武夫君がみえた。同君は、作家としてまだ名乗りを上げていず、都新聞の横浜支局に勤務中であつた。

今回、二度目の場合は、宇野さんから来信あり、出版会をやつてはと、すすめられたが、迚もそんな晴がましいことはと辞退し「日曜会」の一つとしてやつて頂ければと、返信したのである。「日曜会」は、宇野さんを中心とした集りで、戦争前から始められ、井伏鱒二、中野重治、中山義秀、高見順、石川淳等々多い時は、三十人近くの面々が会合したが、終戦近く中止となり、戦後再び持たれたところ、すつかり寄りが悪くなり、宇野さんに上林暁君、渋川驍《ぎょう》君と私の四人しか集まらない折もあつて、ここ三四年沙汰止みとなつていたのである。復活の契機に、私の本の会がとも思つたのだが、宇野さんから何の返事なく、中山義秀君が是非やれと手紙くれ、版元の講談社に膳立させ、自分が先棒担ぐとまで、格別な言葉であつた。これにも、一応遠慮の意を洩らしたが、義秀さんはわざわざ講談社に出向いて行つて、万端の準備すすめてくれ、発起人八名の案内状が文壇方面へ発送された。

義秀さん始め、三十人集まれば上等としていたのである。どうせ大がかりにやつて貰えるなら、一人でも来会者の多い方がと期待し、私もその頭数胸算用して、多少ひやひやしていた。

三月十六日の晩、ステーション・ホテルに集まつてくれた人数は八十余名。私にしては思いがけない盛会であつた。文芸春秋新社、新潮社等から贈りものがあり、義秀さんの司会で、久保田万太郎、舟橋聖一、伊藤整、尾崎一雄、上林暁、高橋新吉、北原武夫、田辺茂一、白洲正子の諸氏が、テーブル・スピーチされた。ひとつひとつ、万感胸につかえる思いで、私はまるきり硬くなり、目の前へもち出される料理にも、のみものにも、満足に手を出せずじまいであつた。右隣りにかけておられた宇野さんは、終始黙然として、演舌に耳傾けていた。義秀さんに代つて、途中から「日曜会」の常任幹事だつた渋川驍君が司会された。同君は、川端康成氏、壺井繁治君等の祝電を朗読してくれたりした。かつての「赤と黒」の同人の裡、萩原恭次郎はとくに死亡しており、生存者、岡本潤、壺井には会の通知状がちゃんと届いていた筈であつた。私が、二十二才に、一時その玄関番したことのある加藤一夫氏も先年亡くなつていた。戦後はさつぱり文筆から遠ざかり、中気をわずらつて、奥さんが牛乳を町家に配達するような業営んだり、長女が喫茶店経営したりして、たつきを立てていた。葬式の日は、氏の息子の、背広姿もみた。長男は戦犯で、顔を出し得ず、次男は勤先が遠方で間に合わず、小学館に奉職したばかりの三男だけしか見当らなかつた。私に詩や小説の手ほどきしてくれた民衆詩人の福田正夫氏も、やはり中気で六十才を前に、一昨々年亡くなられていた。代々の墳墓のある小田原在早川の寺で、ささやかな告別式があり、福田さんの友人の白鳥省吾氏や、門下の井上康文氏が来会された。氏の息や息女は、それぞれ勤めに出ているほど、成人していた。寺で、氏が生前吹き込んだ、自作の詩の朗詠のレコードを、一同車座になり、聞いたりした。終戦の前年、盛岡の旅先で急逝した。田畑修一郎君が、ステーション・ホテルに現われなかつたのは当然としても、失意の底にあつた私の肩を、よくたたいてくれた徳田一穂君が秋声先生の名代兼ねてきてくれなかつたのは、今に心残りである。三男の雅彦君が顔出しされていた。

意外だつたのは、私の二十代、時事新報の文芸欄の訪問原稿とりの仕事を与えた佐々木茂索氏が、みえられたことである。その後は、すつかりご無沙汰して、同氏の夫人が亡くなつた折も顔出ししなかつたような私に、氏は文芸春秋新社の社長とある肩書などとは、凡そ縁のないことのような相好の崩し方で、祝意を述べられた。少年時代「土の叫び」と云う廻覧雑誌やつた事のある古田徳次郎君が、読売の政治部長らしく、チョビ髭生やした顔みせてくれた。私に、半年ばかり、月給三十円支給していたことのある川合仁君は、今日でも地方新聞相手の通信社を経営しており、大分白毛の目立つた頭になつていた。ジャーナリズム関係の顔が多かつたのも望外であつた。上下、重複するが、当夜集まつて下さつた方々の芳名を記してみよう。

宇野浩二　中山義秀　妻木新平　森田たま　石塚友二　福田清人　江口榛一　高島正　丸山泰治　原奎一郎　井上和男　立木望隆　塩野周策　外村繁　山崎正一　中島清倪　北原武夫　舟橋聖一　池田太郎　石田薫三　伊東正夫　若杉慧　豊田三郎　菅原国隆　渋川驍　白洲正子　宮内寒彌　高橋新吉　細田民樹　新田潤　山本容朗　井上靖　菅谷北斗星　赤沢正二　平山信義　小田嶽夫　高見順　立野信之　田川博一　鈴木貢　小野詮造　松本清張　田辺茂一　田村泰次郎　武川重太郎　佐藤績　奥津亮輔　同雅子　車谷弘　尾関栄　森健二　岡本功司　尾崎一雄　桑原隆次郎　小山勝治　十返肇　平岩八郎　伊藤整　頼尊清隆　川合仁　野村尚吾　保高徳蔵　上林暁　紫田万三　耕治人　古田徳次郎　徳田雅彦　佐々木茂索　久保田万太郎　大久保忠幸　磯山浩　山口啓志　原田裕　檜橋美代　松井勲　伊藤実彦　改めて謝意を表する次弟である。万端行き届いたお世話下すつた講談社文芸課の方々に併せて脱帽したい。

無事に会果て、車で帰る宇野さんを送つたりしたあと、井上、大久保、山崎と私はタクシーに東京駅前から乗り込んだ。チーフ助監督として、この頃売り出しかけた井上君が銀座へ案内しようというのである。同君は小田原の者で、大船の撮影所へ汽車通しており、大久保君は同様小田原産で、昨年学校を出、目下東映の宣伝部に就職し、山崎君は明大の文芸科卒業後、小田原の実家の商売を手伝いながら、詩作など書いている。四人悉く小田原勢といったわけであった。

井上君の行きつけの、西銀座の地下室のバーへ這入って行った。そんな場所など、私には十数年来であった。ビールをやり、群がる女給に囲まれながら、時を過している裡、大男の井上君、小男の大久保君、共々そのみちの若者らしく、女給抱いてダンスをやり始めた。ビールが大分廻ると、場所柄も忘れて、四人は大声はりあげ、歌い出したりしていた。

東京であったのだからだ、土地でもと云うわけで、先年横須賀へ徴用された際、軍港まで送ってきてくれた島本君に、昔私を福田さんに紹介し、自分も文士を志して、早稲田へ行ったり、葛西善蔵の玄関にいたりしたが、とど途中からペンを折り、小売書店をやって失敗し、温泉旅館の番頭、終戦後はブロカー等転々としてきた瀬戸一彌君、この二人の肝煎りで、私が毎日「ちらし」を喰いに行っている「だるま」食堂の二階を会場に、祝賀会が開かれた。小田原でも、嘗「路草」が出た時、福田正夫氏、彫刻家の牧雅夫氏等の顔がみえた会が持たれたことがある。その折もき、ざっと二十年後の今回もきてくれた人は、ごく少なかった。三十名近くの来会者の裡、前記の瀬戸、島本両君に、相沢栄一君一人きりであった。死別生別の感深いものがあった。

酒がふんだんに出、ステーション・ホテルでは借りてきた猫のごとく、小さく硬くなっていた私も、座の空気に調子づき、頻りに大歌連発し、若い者の註文に応じ、かねて得意するところを、惜しみなく披露したりした。底抜け騒ぎの裡に会が果てていた。現小田原市長の鈴木十郎氏は、故牧野信一氏の友人で、自分も早稲田文科に学び、「象徴」と云う同人雑誌に加わつたりしていたが、卒業後は朝日の演劇記者を振り出しとして、松竹のメシを喰うようになり、とど大阪松竹座の支配人と納まつて、解散直前の大政翼賛会文化部の副部長の椅子についたこともある人で、戦後は五六年市長をして今日にいたつている。日頃全然つきあいがないが、この鈴木氏や、強羅環翠の支配人の伊東正夫氏、新聞産経の古株坂本重関氏、「だるま」食堂その他からの金品、清酒の寄贈を受けた。改めて謝意を述べる次第である。

さて、四回にわたつた、拙なく貧しい「自叙伝」も、どうやら終りに近ずいたようだ。筆を擱《お》くに当つて、感なきを得ない。その身は、小さな魚屋の長男として生れ、中学も満足に出ず、文学に志を抱き、親兄弟に泣きをみせ、心がらとしても当人始め、喘ぎながらに五十四才の現在まで、辿りついた訳である。途中、幾度かバテ、しかも不思議に息が続いて、今日までやつてきた。北原武夫君が私を評し、猫の活力があるというようなことをいつていたが、私のような無学無能な人間にも、目にみえないねばり強さは、若干持ち合わせていたのかも知れない。しがない、下積みな、決して楽な道ではないが、兎に角今日まで歩き続けることが出来た。もとより、秋声先生、宇野さん等の先輩、友人その他の助力なくしてはかなわぬところ、云う迄もなかつた。

が、問題は多く今後にかかつているようである。いつ、どこで、どうして、わが生涯の幕をとじるのか、知る由もないにしても、いずれは時間の問題で、それまでの自分を、どんなにして持ちこたえて行くか、世相も世相、仕事も仕事、まして親ゆずりの業病持ちのひとり者ときているので、一応は成行まかせと観念しても、あまり楽観の許されそうもない前途であつた。「偽遺書」を書いた前後の、人間不信、現世断念の想いから、相当遠ざかつた、いつそ生をいつくしむと云つた、多少ゆとりのある心構えを持つようになつているとしたところ、今日あつて明日なしとする心底の翳が、全然拭い去られた訳でもない。所詮、戦敗国に生きる人間の一人として、死ぬまで私も私なりのあがきや道草を喰い続けて行くことであろう。あの世に行つて、始めて、長々と脚腰のばせる運びとなる順序であろう。

あとがき

本の名は宝文館編集部にお委せした。

題字、序文を書いて下さつた森田たまさんに深謝します。

巻末の「自叙伝」は雑誌「文芸」に連載したもので、偽るところなく自分の足跡を叙し得たつもりである。「葛西善蔵訪問記」その他二三篇、小説として発表したものだが、随筆的な趣きもあるので入れることにした。又「月の床」「のど自慢」は戦争中書いたが、今に捨てがたいのであつた。

小説も随筆も、書き手が同じなら、一本の木から出た二本の枝みたいなものに相違ない。戦後は、おもに小説勉強に身を入れた私も、これから年齢相応、随筆を余計ものにしたいと思つている。

昭和三十一年十二月

海辺の小屋にて

川崎長太郎

〔初刊：1956（昭和31）年 宝文館『やもめ貴族』〕

P+D BOOKS ラインアップ

散るを別れと　野口冨士男　●伝記と小説の融合を試みた意欲作3篇収録

白い手袋の秘密　瀬戸内晴美　●「女子大生・曲愛玲」を含むデビュー作品集

ゆきてかえらぬ　瀬戸内晴美　●5人の著名人を描いた珠玉の伝記文学集

愛にはじまる　瀬戸内晴美　●男女の愛欲と旅をテーマにした短篇集

お守り・軍国歌謡集　山川方夫　●「短篇の名手」が都会的作風で描く11篇

演技の果て・その一年　山川方夫　●芥川賞候補作3作品に4篇の秀作短篇を同梱

P+D BOOKS ラインアップ

断作戦　古山高麗雄　●騰越守備隊の生き残りが明かす戦いの真実

龍陵会戦　古山高麗雄　●勇兵団の生き残りに絶望的な戦闘を取材

フーコン戦記　古山高麗雄　●旧ビルマでの戦いから生還した男の怒り

地下室の女神　武田泰淳　●バリエーションに富んだ9作品を収録

裏声で歌へ君が代（上下）　丸谷才一　●国旗や国歌について縦横無尽に語る渾身の長篇

手記・空色のアルバム　太田治子　●〝斜陽の子〟と呼ばれた著者の青春の記録

P+D BOOKS ラインアップ

P+D BOOKS ラインアップ

フライパンの歌・風部落	水上 勉	貧しい暮らしを明るく笑い飛ばすデビュー作
心映えの記	太田治子	母との軋轢や葛藤を赤裸々につづった名篇
地の群れ	井上光晴	戦中戦後の長崎を舞台にしたディープな作品集
地下水	川崎長太郎	自分の身の上と文学仲間の動静を綴る名篇
やもめ貴族	川崎長太郎	半生の記録「私小説家」を含む決定版
寺泊・わが風車	水上 勉	川端康成文学賞受賞作を含む私小説的作品集

（お断り）

本書は1956年に宝文館より発刊された単行本『やもめ貴族』を底本としております。

あきらかに間違いと思われるものについては訂正いたしましたが、基本的には底本にしたがっております。また、一部の固有名詞や難読漢字には編集部で振り仮名を振っています。

本文中には乞食、ルンペン、女中、未亡人、妾、貰い子、不具者、養老院、女工、バタ屋、浮浪者、気違い、女給、人足、びっこ、めくら、部落、人夫、百姓、唖、外人、工夫、雑役夫、小使、給仕、土方、按摩、石女などの言葉や人種・身分・職業・身体等に関する表現で、現在からみれば、不当、不適切と思われる箇所がありますが、著者に差別的意図のないこと、時代背景と作品価値とを鑑み、著者が故人でもあるため、原文のままにしております。

差別や侮蔑の助長、温存を意図するものでないことをご理解ください。

川崎 長太郎（かわさき ちょうたろう）
1901（明治34）年11月26日—1985（昭和60）年11月6日、享年83。神奈川県出身。私小説一筋の生涯を貫く。1977年、第25回菊池寛賞を受賞。1981年、第31回芸術選奨文部大臣賞を受賞。代表作に『抹香町』『女のいる自画像』など。

P+D BOOKS とは

P+D BOOKS（ピー プラス ディー ブックス）とは
P+Dとはペーパーバックとデジタルの略称です。
後世に受け継がれるべき名作でありながら、現在入手困難となっている作品を、
B6判ペーパーバック書籍と電子書籍を、同時かつ同価格で発売・発信する、
小学館のまったく新しいスタイルのブックレーベルです。
ラインナップ等の詳細はwebサイトをご覧ください。

https://pdbooks.jp/

やもめ貴族

2025年4月15日　初版第1刷発行

著者　川崎長太郎
発行人　石川和男
発行所　株式会社　小学館
〒101-8001
東京都千代田区一ッ橋2-3-1
電話　編集　03-3230-9355
販売　03-5281-3555
印刷所　株式会社DNP出版プロダクツ
製本所　株式会社DNP出版プロダクツ
装丁　おおうちおさむ　山田彩純
（ナノナノグラフィックス）

ISBN978-4-09-352509-1

P+D BOOKS